カミサマはそういない

深緑野分

集英社文庫

目次

カミサマはそういない

伊藤が消えた

ふいに尻のポケットが震え、山上信太(やまがみしんた)は手にしていた胃薬の箱を商品棚に戻す。

「誰だよ」

着信を告げるスマートフォンを、ポケットから摘まんで引き抜く。しかし、喉元まで出かかった「買い物中だから後で」という言葉を、飲み込まなければならない。着信画面に表示された名前は〝伊藤(いとう)の実家〟だ。緑の応答ボタンと、赤の拒否ボタンとの間を、親指がうろうろと行ったり来たりする。

結局親指は応答ボタンに触れ、すぐさま中年の男の声が聞こえてくる。

「山上信太君かい」

「はい、山上ですが」

「突然電話して悪いね。恭介(きょうすけ)の父です。五、六年ぶりかな」

流行(はや)りの曲が流れるドラッグストア内を見回した信太は、レジ前の店員と目が合い、そそくさと出入口から出る。ぐずついていた曇り空が雨を降らせ、信太は軒先の日よけテントの下に留まり、通話を続ける。

「実は恭介が、まだ帰ってこないんだ。予定では昨日の夕方には着いてるはずだったんだが、携帯も繋がらないし。同居していた君なら、何か知ってるかと思って」

信太は胃薬を買うのを諦め、傘立てから誰かのビニール傘を一本盗んで差し、ドラッグストアを後にする。乾いた唇を舐めて何と答えようか思案しつつ答える。

「伊藤……恭介君なら、昨日の朝に出ましたけれど」

「そうか、ありがとう。念のため、もうひとりの子にも聞いてみるよ、堤君だっけ。番号を教えてくれるかい？」

雨粒がビニール傘をひっきりなしに打ち、耳障りな音を立てる。堤の番号を伝え通話を終えた信太は、スマートフォンの電源ごと落として、パーカーのポケットに突っ込む。早歩きに勤しむあまり水たまりも避けず、スニーカーから靴下までぐしょぐしょに濡れる。胃のあたりに右手をあてがい、わざとらしい舌打ちが空疎に響く。信太の顔色は雨景色を映したかのように暗い。

駅前から十五分ほど歩いて、民家が並ぶ通りの角を曲がる。ところどころ割れ、崩れかけているブロック塀に囲まれた、小さな庭つきの古い平屋の敷地に入り、鍵を開ける。玄関に一歩入ったとたん、たちまち煙草と足の臭いとカビ臭さが混じった空気に全身が包まれるが、嗅ぎ馴れている信太は気にしない。それよりも、一足の青いスニーカーが三和土(たたき)にあり、居間の方からゲームの射撃音とＢＧＭが聞こえてくることに、顔をしかめる。

濡れた靴と靴下を脱ぎ、音を立てぬよう廊下を歩いても、築五十年の板張りは軋(きし)んで何度も悲鳴を上げ、忍び足の意味はない。結局、居間の前を通り過ぎるより先に、ガラス戸ががたがたと重たい音を立てて開き、眼鏡をかけた細面(ほそおもて)の青年が顔を覗(のぞ)かせる。

「おう、おかえり。なんだその変な歩き方。腹でも下したか？」

「堤。何でいるんだ。今日はバイトじゃなかったっけ？」

堤と呼ばれた青年は眼鏡をずり上げ、「風邪引いてさ。バイトは代わってもらった」と言い、また居間に戻る。信太は聞こえないように溜息(ためいき)をつき、突きあたりの風呂場で手と濡れた足を洗う。ついでにタオルで髪を拭き、まだいくばくかの幼さを残すほど若い顔立ちが鏡に映る。

居間に入った信太は、壁際の台所の冷蔵庫からパックの烏龍茶(ウーロン)を取ってグラスに注ぎ、堤が遊んでいるゲームを眺める。外も内も古い家に似つかわしくないほど、大型で新しいデジタルテレビは、どこか異国の砂漠で繰り広げられる戦闘場面を映す。ＣＧで作られた砂の丘陵の背後、居間の窓から見える現実世界の裏庭は、雨に緑濃く濡れそぼつ。

「これって今日発売のゲームだろ？　またバイトサボったのかよ」

「早売りの店で昨日買ったの。いいじゃん、お前だって昨日はいいことしたんだから。

女と飯食って朝帰り」

崩れかけた建物の死角からヘルメットをかぶった兵士が飛び出してくる。間髪を容れず画面中央の銃が火を噴き、兵士は胸から血を出して倒れる。堤は「よっしゃ」と呟く。

「おい堤、伊藤の親父さんから電話あったか？」

「はあ？　あ、ひょっとしてさっきの電話かな。知らない番号だったから出なかったけど」

「俺がお前の番号を教えたんだ」

「マジで？　詐欺だったらどうすんの」

信太は面倒くさそうに早口で答える。

「本物だよ。同居をはじめた時、引っ越しの件で伊藤の親父さんとやりとりしたことがあるんだ」

「……あっそ」

堤はテレビから目を離さず、両手で握ったコントローラーと一緒に体を右へ左へ傾け、飛び交う銃弾を避けている。

「あいつ、まだ家に着いてないらしい。昨日堤が車で駅まで送ったんだよな」

「そうだよ、朝に伊藤が借りてきたレンタカー、信太も見ただろ。あれに馬鹿でかいスーツケース二個とクソ重いリュック積んで、東京駅で降ろした。それから車は返して、すぐパチ屋に行ったけど。あとは知らない」

「改札まで見送ったのか？」

「まあね。どうせ、家を継ぐのが嫌になって、どこかへ寄り道してるだけだよ」

そして堤は「危ねっ、撃たれるとこだった」とぼやく。

信太は溜息をついて、グラスの烏龍茶をひと口飲む。しかし残りはシンクに捨て、冷蔵庫の烏龍茶のパックを確認する。賞味期限は三日前。冷蔵庫の扉を乱暴に閉めて、パックの中身もシンクに空ける。台所に貼った買い出し当番表を見ると、今週の欄には伊藤とある。信太は当番表を剝がし、びりびりに破って捨てる。

テレビから聞こえる激しい銃撃の音を後ろに、信太は居間を出て、自室へ向かう。自室といっても十二畳ほどの広い和室を、可動式の壁で三部屋に分割しただけの代物だ。廊下から見て真ん中が伊藤、左が信太、右が堤の部屋となる。

伊藤の部屋の襖（ふすま）を開け、中を覗く。四畳の和室はがらんとしている――当然だ、一昨日、信太も手伝って、布団を粗大ゴミに出し、必要な荷物は運び出したのだから。もうここは伊藤の部屋ではない。ひとつだけ残っているものは、壁のハンガーにかかったままのスーツだが、これは信太か堤のどちらかが、譲り受けることになっている。

信太はいったん廊下に出て、自室へと戻る。布団は敷いたまま、ポリプロピレンででできた半透明の洋服入れからは、オレンジ色のTシャツやグレーのパーカーの袖がはみ出している。山積みの漫画本には、古本チェーン店のラベルが貼られたままだ。信太は漫画本を慎重にどかし、隠していた安物の手提げ金庫を取り出す。

ダイヤル式の錠の数字を合わせると、蓋が軽い音を立てて開く。中には、信太の預金通帳、印鑑、二年ほど前に付き合っていた女の家の鍵、そして銀行のキャッシュカードとクレジットカードが一枚ずつ、さらに一万円札が五枚、五千円札が一枚、千円札が九枚、合わせて六万四千円の現金が入っている。

キャッシュカードとクレジットカードの名義人は、どちらも伊藤恭介だ。

現金も伊藤恭介の財布から抜いたものである。

信太は昨日の朝、同居していたこの家を出て、実家へ引っ越そうとする伊藤の財布から、キャッシュカードとクレジットカード、そして現金をすべて盗んだ。元は一万三千円分多かったが、それは昨夜、信太が食事で使っている。何も気づかない様子で白いレンタカーに乗り、出て行った今の伊藤には、手持ちの金が一銭もないはずだ。

伊藤の実家は遠く、新幹線で三時間はかかる。ＩＣカードが入っているはずの定期入れには手をつけなかったが、残金がいくらか信太は知らない。ともあれ、出発地の東京駅までは堤が送ったというし、伊藤の財布にチケットが入っていたのは見ている。財布から現金を抜いた後急いでバッグに戻さねばならず、よく確かめてはいないが、新幹線のチケットに間違いないだろう。

カードと紙幣をしばらく眺めた後、手提げ金庫に戻し、ダイヤル式の錠をぐるりと回す。あれから胃が痛くて仕方がない。信太は再び胃のあたりに手を当て、そのまま布団に仰向けに転がる。天井には電灯がない。元々ひとつの和室を分割して作った部屋なだけに、ソケットがあるのは伊藤の部屋だけ、信太も堤も光源は電気スタンドに頼っている。

「死ね、伊藤」

信太はぼそりと呟いたが、思ったよりも声が大きく出て、咳払い(せきばら)しながらあたりを見回す。居間の方からはまだゲームの音が聞こえ、信太は溜息をつく。

だが次の瞬間、襖が勢いよく開く。ソーダ色のアイスキャンディを口に咥(くわ)えて立っている堤に向かって、信太は顔を真っ赤にして怒鳴りながら、漫画本を乱暴に崩して手提げ金庫を隠す。

「急に開けるなって何度も言ってるだろ！」

「また伊藤の親父から電話だよ」

堤はまったく動じていない様子で、あっけらかんと言う。

「警察に通報しようかってさ」

「……マジで？」

雪崩(なだれ)を起こした漫画本をよけつつ、信太は布団の上を歩いて、堤が差し出したスマートフォンを奪い取る。

「もしもし、山上です」

すると受話口の向こうから、疲れた様子の声が聞こえる。

「山上君。さっき堤君にも知らせたんだが、このまま連絡がないようならやはり警察に相談しようかと思うんだ」

「いや、でも、それはちょっと大袈裟じゃないですか」

「しかし携帯電話にいくらかけても、電源が入っていないらしい。会社の方にもかけてみたが、先月付けで退職して、その後はわからないと言われたよ」

信太は、壁に寄りかかってやりとりを聞いている堤に、ちらりと視線をやる。

「恭介君には彼女がいましたし、そっちに寄っているのかもしれないですよ」

「彼女？　あの子に彼女がいるなんて知らなかったな」

受話口の向こうで、伊藤の父親が小さな溜息をつく。信太は堤のスマートフォンを耳に押し当てながら、乾いた唇を舐める。

「よかったら僕から彼女に連絡を取ってみますが」

「そうしてくれると嬉しい。また電話を下さい」

通話終了の表示を睨み、信太は堤にスマートフォンを投げ返す。受け取り損ねた堤は、あわあわとお手玉して、結局床に落としてしまう。

「おい、ちゃんと渡せよな。壊れるだろ」

スマートフォンを拾い上げ、液晶が割れていないのを確認すると、堤はにやりと笑う。

「それにしても、信太って嘘つきの達人だな。梨奈は昨夜、お前と一緒だっただろ。どうだった？　ホテルの豪華ディナーは？」

「胃もたれしてるよ。伊藤の親父のせいで、さっき胃薬を買いそびれた」

「三食カップラーメンのやつがいきなりコース料理なんか食うからじゃないの？　天罰だよ」

信太は目を大きく見開きつつ、ゆっくりと堤を振り返る。

「……天罰？」

「だってそうだろ？　かわいい梨奈ちゃんを親友から奪ったんだから」

アイスキャンディを口に入れたまましゃべるので水色の塊が見え隠れしている。飄々としている堤に、信太の強張った肩から力が脱ける。

「ほしけりゃお前にやるよ」

「いらねえよ、キズものの中古品なんか。そもそもタイプじゃねえし。もっとギャル系がいいんだ、俺」

「俺だってあんな女、もうどうでもいいんだ。期待はずれだった」

「マジかよ？　友達からわざわざ奪っといてそれ？　鬼畜だなあ」

そう言って堤はせせら笑い、アイスキャンディの棒をしゃぶり、口でころころ転がす。信太は溜息をつきつつ堤の背中を押して、部屋から出て行かせる。

再びひとりになった信太は、スマートフォンの電源を入れて、伊藤から連絡がきていないか確認する。しかし通知はなく、電話をかけてみてもやはり繋がらない。SNSのアプリを起動し、伊藤宛のメッセージ画面を開いたが、そこで親指の動きが緩慢になる。「今、どこにいる？」と打っては消し、「親父さんが心配してる」と打っては消し、「キャッシュカード類は俺が持ってる。悪かった。ちょっとしたイタズラだったんだ。届けに行くから、今どこにいるか教えてくれ」と打っては、また消す。

結局、伊藤にメッセージを送らないまま、信太は布団に仰向けになり、代わりに発信履歴を開いて梨奈に電話をかける。呼び出し音が十回近く鳴ってから、ようやく梨奈の応答がある。

「何。何か用？」

若い女の声は鬱陶しげで棘(とげ)がある。信太は起き上がり、裸足の親指の爪のあたりをいじくりつつ、ぼそぼそと話す。

「伊藤が実家に帰ってないらしい」

「……だから？」

「『だから』って、冷たい女だな。お前んところに連絡がなかったか？　昨日の朝、東京駅を発ったはずなんだ。行方がわからないんだぞ」

受話口の向こうからは、衣擦れの音とかすかな息づかいしか聞こえてこない。信太もしばらく親指の爪の間にたまったカスを掻き取っていたが、小さく舌打ちして、口を開く。しかし先手は梨奈が打つ。

「知らない。伊藤君が実家に帰るなんて話も知らない。せっかく就職したのに何で二年で辞めるのって聞いたら、地方の会社に転職が決まったから、他の家に引っ越すって。あたしはあんたも知ってると思ってたけど、違ったみたいね」

冷たく言い募る梨奈に、信太はぽかんと口を開けたまま二の句が継げない。

「山上君。あんた、一発やるだけやって、あたしが寝てる間に逃げ出したことについては、反省も謝罪もなしってわけ。いつもお金なさそうなのに、ホテルのディナー奢ってくれたのは感謝してる。でもあたしはあんたのオナホじゃないから。やっぱり伊藤君と別れなければよかった。じゃあ、もう二度と電話してこないで」

通話は切れ、不通音が流れるが、信太はなかなかスマートフォンから耳を離すことができない。

のろのろと部屋から出て、廊下の片隅でゴキブリがひっくり返って死んでいるのを見つける。

中途半端に開いたままの重いガラス戸を押し開き、信太は居間に体を滑り込ませる。

堤はまだテレビの前に陣取り、先ほどと同じゲームを続けている。その黒々とした五分刈りの後頭部を眺めながら、信太は言う。

「実家に帰るはずの伊藤が、他に家を借りたって話、聞いてるか？」

しかし堤は返事をせず、相変わらずゲーム機のコントローラーと一緒に、体を右へ左へ傾けている。信太は大股で突き進み、テレビと堤の間に仁王立ちする。

「ちょっと、邪魔……」

「いいから話を聞けよ。ゲームはやめろ」

上からすごむ信太に、堤は折れる。一時停止にしたとたん、家の中がしんと静まり、外の雨音が聞こえてくる。

「で、何だよ」

「伊藤のことだ。あいつ、別の家を借りていたらしい。お前知らないか？」

眉根を寄せ顔をしかめる堤に、梨奈から今しがた聞いた話を教えるが、その間、信太の両手は開いたり結んだりと忙しなく動き続ける。床にあぐらをかいている堤は「まあ落ち着けよ」とせせら笑う。

「梨奈ちゃんにフラれたのに気にしないの？　信太君、嫌なやつ」

「今それどころじゃないだろ」

「はいはい。つまり信太は、伊藤が実家じゃない家に引っ越したって考えてんの？」

「何で？　だって家の温泉宿を継ぐために会社を辞めたんだろ？　梨奈が嘘ついてるかもしれねえし」

するとと信太はようやく仁王立ちをやめ、堤の隣にどっかりと腰を下ろす。

「新幹線のチケットが……」

「は？　チケットが何？」

「……いや、何でもない」

信太は言いよどんで後頭部を掻き、うっすら茶色に染まった髪が乱れる。

「とにかく、梨奈が俺に嘘をつく必要あるか？」

「さあ……嘘じゃなくても、聞き間違いかもしれねえだろ。実際、親父さんは家で待ってるわけだしさ」

「お前がさっき言ったんだろ、『家を継ぐのが嫌になったのかもしれない』って。東京駅で降ろした時、伊藤はどんな様子だった？」

堤は小首を傾げて天井を仰ぎ、考える様子を見せてから、肩をすくめる。

「別に。元気でな、ってバイバイして、それだけ」

「様子は？　妙なところはなかったか？」

「普通だったよ。なあ、何なんだよこれは。明るくて楽しくて高潔な、みんなの人気者の伊藤恭介君が、トラブルに巻き込まれるわけがないじゃん。大丈夫だよ。万が一梨奈が正しくて、伊藤が別の家に引っ越してたとしたって、あいつならうまくやってるって。一番付き合いの長い俺たちが信じなくてどうすんだよ」

強く背中を叩かれた信太は、何か言い返そうとして、口を噤む。

雨だれの伝う窓が、かたかたと小刻みに震える。雨に加えて風も出てきたらしい。裏庭の椿や躑躅の木が大きく揺れ、枝葉が窓ガラスを擦る音がする。信太が庭を眺めていると、ふいに、ひんやりした硬いものが頬に触れ、飲みかけのコーラ缶を押しつけてくる堤と目が合う。

「まあ飲めよ。伊藤がどこへ消えたのかよりも、俺たちの新しい同居人を探す方が先決だろ。ここの家賃は三人で分割すりゃひとり三万円だけど、ふたりじゃ四万五千円だ」

「お前は二万しか払ってないだろうが。光熱費も水道代も伊藤に払わせてたくせに」

「そうだった、じゃあまたカモにできそうなやつを探さないとな」

「こんなでかいテレビを買っちまったお前が悪いんだろ。いい加減、バイト暮らしはやめて就職しろよ」

「そっくりそのままお前に返すよ。おっと、『俺は院生だ』って言い訳はナシだからな。就職が嫌で大学に残ったくせに。まあ、伊藤のスーツは信太が着ればいいよ」

ぬるいコーラをふたりで回し飲みする。甘ったるい炭酸水は喉を余計に渇かせるが、どちらも飲むのをやめない。

「この家ももう六年だっけ。はじめはさあ、俺とお前でここ借りようかって話だったんだよな。一番金を持ってなかったのが伊藤だったなんて、今じゃ信じられない」

堤はそう言いながら起き上がって、扇風機のスイッチを入れる。青い羽根が唸りながら回転するが、生ぬるい空気が掻き回されるだけで、部屋が涼しくなるわけではない。

「俺たちがあいつをルームシェアの仲間に入れてあげたんだ。そうだよな？」

「ああ」

「ほら、前にレンタルで借りたゾンビ映画の真似してさ、『ルームシェアなら男三人で一軒家を借りよう』って。前は全然友達がいなかった伊藤に声かけて。ガキだったよなあ」

堤のぼやきを聞きながら、信太はコーラの最後のひと口をあおり、缶を潰す。

「……映画どおりなら、ゾンビが襲ってくれて終わりなんだけどな」

「何、信太は死にたいの？」

「別に死にたくはないけど、生きてるのも面倒くさい」

潰れたコーラ缶は床の上でしばしバランスをとっていたが、結局倒れて、口から琥珀色の液体が数滴こぼれる。

「ゾンビが庭から侵入して、全部めちゃくちゃにしてくれればいいな」

「嫌だ、俺は生き残りたいね。レコードじゃなくて扇風機投げつけてやっつけてやる」

窓を叩くのは雨粒ばかりで、甦（よみがえ）った死者がガラスを突き破ってはこない。風に揺れる裏庭の緑を眺めていた信太は、その向こう側に、白い車が停まっているのに気づく。

「堤、レンタカー返さなかったのか？　延滞料金かかるだろ」

「……まあね。すぐ帰ってゲームやりたかったし、どうせ伊藤が借りた車だし。後で携帯にかけて、俺の口座に振り込んでもらうつもりだったんだ」

まるで悪びれない堤に、信太は額を掻きむしりながら舌打ちする。

「どうすんだよ、連絡つかないのに」

「そんなの知らないよ、いなくなった伊藤が全部悪い」

「すぐレンタカー屋に行って払ってこないと、大変な額になる。財布持ってこいよ」

「何で俺が？　伊藤は家に帰りゃ仕事があって、帰らなくても仕事があって、おまけに梨奈の言うとおりなら別の家を借りてまたそこで仕事が見つかってるんだろ？　不公平じゃん！　俺の朝メシは九十円のあんぱんひとつだっつうのに！」

急に激昂（げっこう）して詰め寄ってくるが、信太はまるで動じず、ただ堤の鼻筋からずり落ちていく眼鏡にばかり注意が向く。信太が黙っていると、堤は肩で荒く息をしながら、体を引き、下がった眼鏡を上げる。

「このくらいは甘えていいはずだ。お前もそう思うだろ？」

「……わかったよ。延滞金は俺が払う。だから返してこい」

信太が溜息混じりに言って腰を浮かせると、今度は堤が目を瞬かせ、にやりと笑う。

「めちゃくちゃ気前いいじゃん、宝くじでも当たった？　昨日豪華ディナー食べたばかりだってのに。この間、口座に千円しかないって言ってなかったっけ」

ふたりは互いを見合い、テレビ台の置き時計の秒針が打つ音がやけに響く。先に信太が目を逸らしたその時、堤のスマートフォンが鳴る。堤はなかなか出ようとしない。代わりに信太が手を伸ばすと、ようやく堤は電話を取る。

「どうも。いえいえ、まだ恭介君から連絡ないんですか？　はあ、そうですか」

見えない相手に相槌を打ちながら堤が目配せをしてくる。信太は何も反応しなかったが、堤の顔は半笑いになる。

「実は、どうも恭介君は他に家を借りたらしいんですよ」

受話口から「何だって？」と叫ぶ男の声が、信太の耳にまで届く。堤が話を続けようとするも、相手がどんどんかぶせてきて、ろくな説明ができない。信太は堤からスマートフォンを取り、代わる。その間も、伊藤の父親は「なぜ」「いったいどこへ」「そんな話は聞いていない」とまくしたてている。

「落ち着いて下さい、俺たちも人から聞いただけなんです。それも『らしい』ってくらいで、確証はありません」

「何か契約書は残ってないかね？　家を借りた契約書だよ」

「残ってません」

「ちゃんと捜せ！」

　突然がなり立てられ、信太の顔がさっと赤くなり、眉間に深いしわが刻まれる。

「捜すも何も、引っ越したんですから荷物が一切ないんです。これじゃ捜しようがないでしょう」

「君は息子の友達だろう？　同居までしていた友達のくせに、ちゃんとした行き先も知らないのか？　それとも私に嘘をついて誤魔化しているのか？　もし息子が帰ってこなかったら、君たちの責任だからな！」

　伊藤の父親はなおもまくしたて、弁解の隙も与えない。しばらく口を噤んで聞いていた信太は、床に転がっていた汚れたクッションを掴み、腕をしならせて壁に投げつける。その拍子に、壁際に積んでいた漫画本の山が派手に崩れ、その大きな音は受話口の向こうまで届いたらしい。伊藤の父親はようやく黙り、信太は深く息を吸う。

「あなただって、父親のくせに何にも把握してないじゃないですか。伊藤はただ、実家に帰りたくなかったんじゃないですか？　だから俺たちの誰にも言わずに、家を借りたのでは？　あいつがいなくなった責任は、きっとあんたにあるんだ」

　そう言い放って、信太は終話ボタンを押して電話を切ってしまう。苛立ちにしかめた顔をふと上げると、堤が両手の親指を立てている。

「すげえ、言ってやったな！　信太ってば超かっこよかったぜ、惚(ほ)れちゃいそう！」

「うるせえよ」

口とは裏腹に、信太の顔は得意気だ。堤は信太が投げて返したスマートフォンを、今度はうまくキャッチする。

「それにしても伊藤の父親さあ、キレ方が妙じゃなかったか？　一日遅れたくらいであんなに喚かなくてもよくない？」

「確かにそうだな。もう金輪際(こんりんざい)帰ってこないってわかっててパニクってるみたいな言い方だった」

信太は首筋に手をあてがって揉(も)みながら、台所に向かい、食卓の上に置きっぱなしのノートパソコンを立ったまま開く。食卓に敷いてある花柄のテーブルクロスは、しみだらけで汚いが、堤の母親の手製なので、なかなか捨てられずにいる。その堤が後ろからやってきて、パソコンの画面を覗き込む。

「何すんの？　伊藤が残したメッセージでも捜すの？　ないと思うぜ」

「そんなのじゃない、実家の温泉宿ってやつを調べるんだ。伊藤は同居している間、実家の話なんか全然しなかっただろ」

「まあ、確かに。俺がタダで泊めてくれって頼んだらはぐらかされたしな」

信太は目を細めて堤を見たが、当の堤はパソコンの画面に夢中だ。食卓についた肘が信太の脇腹に何度もあたり、信太はノートパソコンごと右に移動する。インターネットのブラウザをクリックして立ち上げ、検索窓に宿名を入力する。

「なんだ、信太は伊藤の実家がどこの宿か知ってたの？」

「ずいぶん前、同居をはじめた頃にな。伊藤から『教えたら堤が騒ぐから言うな』って口止めされてたんだ」

「俺だけまた仲間はずれじゃねえか。お前だけあいつの実家の番号知ってるしさあ。俺たち友達じゃなかったのかよ」

恨めしそうに睨む堤を無視して、信太は検索画面をスクロールし、あちこちのリンク先をクリックしては開いていく。ウィンドウタブが三つ、四つ連なったところで、信太は首を横に振ることになる。

「サイトが閉鎖されてる……おい、宿は閉まってるぞ。去年の暮れで」

「何だって？　改装中とかじゃなくて？」

信太はなおも旅行情報サイトなどを調べるが、首を縦に振ることはない。

「違うな。完全に閉鎖だ。もう潰れているんだ、伊藤の実家の温泉宿は」

電源を落としてノートパソコンを閉じ、堤の方を向く。すると堤は、何か妙な現象でも見たかのように目を見開き、後退り（あとずさ）しており、いつの間にか信太と距離ができている。

「どうした、変な顔して？」

　信太が訝しむと、ようやく堤は足を止める。電球が古くなって暗いせいか、堤の顔色は土気色をして見える。眼鏡の奥の瞳がうろうろと動いて、焦点が合わない。

「実家の宿が潰れた？　倒産したってことか？」

「まあ、そうなるな」

「じゃあ伊藤が実家に呼ばれたのは、それでも帰りたがらなかったのは……」

　言いよどむ堤の代わりに、信太が続ける。

「親の負担を一気に背負い込むことになるから、だろうな。逆に父親は、働き手になる息子に帰ってきてもらわないと困る。ひょっとすると、伊藤の預金はいくらか親に持っていかれているのかも。だから伊藤は帰らず逃げ出した……？　おい、堤？」

　堤はふらつきながらテレビの前に戻り、床にへたりこんで、背中を丸めて呆然と窓の外を向く。信太が堤の前に立ち、堤はようやく顔を上げる。しかしその表情を見た信太は、ぎょっとして、体を引く。

「何笑ってんだよ、気持ち悪いな」

「え？　笑ってる？　そうか俺、今笑ってたか」

　堤は両手を頬にあてがって皮膚をぐにぐにと揉む。それでも口元がほころぶのは抑えられないらしい。

「ダメだ、笑っちまう。あはは、だっておかしいじゃん」

「おかしいか？　伊藤の実家が倒産して？」

「そうだよ、俺、あいつが俺たち三人の中で一番恵まれてると思ってたんだよ。見た目もいいし、賢いし、礼儀正しいし。卒業間近になっても就職先が決まらないやつが多かったのに、伊藤は三年生のうちに決まったんだぜ？　もしつらくなったら実家に帰れば仕事があるし、超快適なエスカレーターじゃん。でも、実家が倒産って、あはは」

堤はついに床にひっくり返って笑った。

「電話をかけてきたのは倒産した父さん……うふふ」

「おい、ふざけるのもいい加減にしろよ」

「ふざけてる？　ふざけてなんかねえよ。だって気分よくないか？　俺たちよりも伊藤は不幸だったんだ。俺たちの方がマシだったんだよ。俺の親もお前の親も、別にリストラされてないし。就職しろってうるさいだけでさ。伊藤の方が断然惨めだったんだ」

ようやく笑い終わったらしい堤はずり下がった眼鏡を押し上げながら、立ち上がる。そして信太の目の前で、甘ったるい、コーラのにおいがするげっぷを吐く。信太は思い切り顔をしかめて体を引くが、堤は気にしない。

「なあ信太、俺たちの勝ちだよ。俺たちは伊藤に負けてなかった。負け犬らしくぐずぐずくすぶってる必要なんかねえんだ。だからさ、金、ぱっと使っちまおうぜ」

「……何？」

ぎょっとして後退ろうとする信太の右手首を、堤が強く握る。

「金だよ。伊藤の金。キャッシュカードと現金。お前が盗んだんだろ？」

「盗んでなんか」

振りほどこうと右手を揺さぶるが、堤の握力は強く、容易に離れない。

「俺には嘘つかないでいいんだぜ。さっき手提げ金庫にしまってるところを見たんだ。ばっちりね」

外の風がひときわ強く吹き、窓ガラスだけでなく、木造の家自体が軋んで揺れる。

「大丈夫だって、必要だからちょっと借りただけだろ？　お前には梨奈に奢ってやるってちゃんとした理由があったんだから」

まるで誰かがそばにいて、聞かれるのを避けるかのように、堤は囁く。信太は手首を摑ませたまま堤の薄い胸板に押し当てると、勢いをつけて堤の背中を壁に押しつける。その衝撃で家が一層悲鳴を上げた。

「そうだよ、確かに俺は盗んだよ。でも後悔したんだ。あんなことやっちゃいけなかった。だから、昨日からずっと胃が痛んでるんだ」

「知るかよ。後悔するくらいなら、やらなきゃいいじゃん」

　ふたりはしばらく睨み合ったが、結局信太が力を緩め、体を離す。

「……ちょっと困らせてやりたかったんだ」

「困らせる？　伊藤を？」

「ああ。別に妨害するつもりはなかったんだ。新幹線のチケットは買ってたみたいだし、とりあえず実家には帰れるだろうから。少しだけ困ればいいと思っただけなんだよ。ケータイもあるし、途中で怒って電話をかけてくるだろう、って考えたんだよ」

　信太は自分のスマートフォンをポケットから抜き取り、着信やＳＮＳの履歴を確かめる。しかし何も通知はなく、そのまま床にへたりこむ。

「梨奈のことは好きだったよ。だけど昨日、裸を見ても、全然抱く気が起きなかった。何とか勃たせて一回だけやったけど、その後で吐き気がして、逃げちまった」

「マジかよ。めちゃくちゃヘタレじゃん」

　堤はせせら笑いながら隣に座り、うな垂れる信太を覗き込んでくる。その堤の脂ぎってべたついた顔を、信太は苛立たしげに手のひらで押しのける。

「伊藤が憎かったんだ。あいつの困った顔が見たかったんだよ」

　汗で汚れた手のひらをＴシャツの裾で拭うと、信太は膝を抱えてそばのキャビネットにもたれかかり、話を続ける。

「梨奈を好きになったのは、俺の方が先だったんだ。でも伊藤は顔もいいし、女の扱いがうまかった。俺が梨奈を好きだって知ってたはずなのに、伊藤が横取りした。さっき梨奈に電話した時も言われた、やっぱり伊藤にしとけばよかったたって。こんなのずるいだろ」

一気にまくしたて、溜息を挟んでしばし押し黙る。部屋の真ん中で扇風機がゆっくりと首を振りながら、部屋の空気を掻き回し続けている。

「でも後悔してるってか？」

「ああ。もう充分だ。こんな、警察沙汰にまでなるようなことをしでかすつもりはなかったんだ」

「警察ねえ。それで信太、これからどうするつもりなの？」

「金を返しに行く。謝って、許してもらう——許してもらえれば、だけど」

「どこにいるのかわかんないのに？」

「捜せばいいだろ」

信太はさらりと言って、スマートフォンから伊藤に電話をかける。呼び出し音は鳴らず、代わりに「電波が届かない場所にいるか、電源が入っていない」と告げるアナウンスが流れてくる。それでももう一度電話をかけようとするその手を、堤が強く押さえる。

「なあ、聞けよ。伊藤が俺たちにも借りた家の話をしなかったのは、親父にバラされたくなかったからだと思わないか？　つまりもう長いこと、俺たちは信用されてなかったわけだ。あいつにとって俺たちは、友達でも何でもなかったんだよ」

「それがどうした？　俺もお前も、伊藤を友達だと思ってたか？」

「思ってたよ！　思っていたに決まってるだろ！」

堤は唐突に信太を突き飛ばし、いきり立つ。まったくの無警戒だった信太は勢いあまって台所まで転がり、硬い床に頭を打ちつける。痛みに顔を歪めＩる信太の前に、堤が仁王立ちする。

「でも伊藤はそうじゃなかった。おかしいと思ったんだ、金もくれないし、逃げるみたいに俺から離れるし」

「……どういう意味だ？」

倒れた信太の体の上にまたがり、堤は信太の胸倉を掴む。

「伊藤を捜し出して金を返すだって？　やれるもんならやってみろよ、でも、絶対に無理だけどな」

「そんなのわからないだろ？」

「わかるさ！　俺にはわかるんだよ。百パーセント完璧に、わかるんだよ。お前が伊藤に許してもらうのなんか、金輪際、永遠に無理だって」

なおも強い力で胸倉を掴んでくる堤の手を、信太は全身を使って暴れながら引き剝がす。ようやく振りほどいて立ち上がるが、腰を折って呼吸を整えるのに精いっぱいだ。

一方、信太から振りほどかれた堤は、体を斜めに傾がせたまま、しばらく空いた両手を眺める。そして信太が伸びた襟ぐりを正すうちに、顔を上げて立ち、真っ直ぐに向かい合う。

「俺たちは友達だろ？　信太」

しかし信太は答えられず、一歩後退る。

雨脚は一層激しくなり、もはや嵐と呼んでもいいほどだ。古い家の梁は今にも折れそうに揺れ、軋み、窓ガラスが風に破られるのも時間の問題である。

「なあ、堤」

「友達だろ、信太？　俺たちふたりだけは友達だろ？」

「堤、ひとつ教えてくれ。どうして俺が伊藤のクレジットカードとキャッシュカードを盗んだって気づいた？」

家のどこかで何かが破れ、倒れるような音がしたが、ふたりは気にもしないで見合っている。堤は笑っているが、眼鏡の奥の瞳は揺れている。

「どうしてって、さっき言っただろ。手提げ金庫にしまうのを見たって」

「見えるわけない。カードだってのはわかるかもしれないが、あれが伊藤のものだって、あの距離からどうしたら見えるんだ。お前の視力は5・0でもあるのかよ」

信太の表現に堤は噴き出し、げらげらと笑う。しかし信太は笑わない。じっと堤を見据え、答えを待っている。堤はなおもおどけたり、顔をしかめたりしたが、やがて信太がそれ以上何も言わないとわかり、肩を落とす。

「……伊藤の財布を見たからだ」

「財布？　まさかお前も金を盗ろうとしたのか？」

「まあね。ついでだし、昨日はゲームの発売日だったじゃん。だから車に乗ってる時、伊藤のズボンのポケットから財布を抜いたんだけど、中身空っぽなんだもん。他にやりそうなやつなんか、信太しかいないだろ。毎日金欠だってこぼしてるお前が、梨奈とホテルでディナーってのもおかしな話だし、それでわかった」

まだ話を続けようとする堤を、信太が片手を上げて制する。その指先は小刻みに震えている。

「堤……お前、どうやって伊藤のズボンのポケットから財布を抜いたんだ？　今、『車に乗ってる時』って言ったよな？」

信太は首をゆらゆらと横に振りながら後ろに下がる。食卓に手がかかって、そのはずみに積んでいた雑誌がばさばさと床に落ちる。

「車に乗ってる時って、座ってるじゃないか。財布はケツ側のポケットに入ってたんだろ？　どうやって抜いた？　伊藤が渡してくれたのか？　まさかそんなわけないよな？」

古い電球に照らされた堤の眼鏡は、反射して、昆虫の目のように光り、瞳が見えない。後ろ向きに下がり続ける信太はやがて椅子の脚に足をとられ、体勢を立て直せずに尻餅をつく。その隙に、堤が大股で距離を縮める。

「まさかあのレンタカー、あれを返していないのは、ひょっとして」

震える唇で何とか言葉を発した瞬間、堤の腕が伸びて、信太の喉を絞める。勢いがついたせいで、信太は冷蔵庫に後頭部を打ちつける。

「静かに。それ以上は言うなよ」

堤の痩せているが大きな手のひらは、信太の喉を圧迫し、信太は陸にあがった魚のように喘ぐ。先ほど胸倉を掴まれた時よりもずっと苦しげで、みるみるうちに顔が赤黒くなる。

「そうだよ、伊藤はまだあの車に乗ってる」

堤はにんまり笑い、手の力をわずかに緩める。信太は咳き込み、息を吸おうと試みるが、堤の手はまだ離れない。

「梨奈の言うとおり、伊藤はよそへ引っ越すつもりだった。だってあいつが乗りたがってた発車時刻に、実家方面に行く新幹線はなかったんだ。馬鹿だよなあ、あとちょっとで隠しきれたはずなのに、俺を急かしたせいでバレるなんて。俺だって乗り換え案内のアプリくらい入れてるの、あいつ知らなかったんだろうな。どこ行くんだって問いつめたら、最後は正直になったよ」

　信太の喉を押さえながら淡々と告白する堤の手を、信太は何度となく引っ掻き、堤の手には血がにじむ。信太は少しずつ息を吸いながら、電球の光が反射する眼鏡に目を凝らし、その奥にあるはずの瞳を見ようとする。

「でもあの馬鹿女がお前に教えてくれて、よかったよ。伊藤の親父は信じただろうし、まさかまだ駅に着くどころか、車から降りてすらいないだなんて、想像もしてないと思うよ」

　信太が口をぱくぱくさせると、堤は訝しげに眉間にしわを寄せ、血がにじむ手を信太の首から外す。

「え？　何か言いたいの？　言ってみなよ」

　ようやくまともに酸素を吸った信太は咳き込み、痰が床に散る。

「……どうしてだ堤？　駅で降ろしたってのは、全部嘘だったのか？」

「嘘だよ、簡単につける嘘だ。伊藤を駅で降ろさなかった理由を知りたい？」

　堤は照れたように笑い、刈り上げた後頭部を掻く。

「お前だって、不公平だと思うだろ？　梨奈のことだけじゃない、あいつはたくさん持ちすぎたんだ。俺にうるさく説教までしやがって。就職しろ、ゲームは売れ、金を大事にしろ。保護者ぶってさ、余計なお世話じゃん、伊藤だってせっかく就職した会社を辞めたくせに！　俺は就職すらできてないのに！」

話すうちに激昂した堤の口から唾が飛び、信太の頬にかかる。

「それでもさ、実家に帰るんだったら仕方ないかなって納得したんだ。親に命令されたら断れないじゃん。だけどそうじゃない、こいつはこれから俺たちに何も言わず俺たちの知らないところへ行こうとしてるってわかったら、もうどうしようもなくなった。まあ、実家が倒産してるって先に教えてくれていれば、ちゃんと駅まで送り届けたと思うよ。でもよく考えたらさ、あいつはそれすら、俺に教えてくれなかったわけだよな？」

堤が夢中になってしゃべっている間に、信太は少しずつ右足を動かす。音を立てないよう、ゆるゆると膝を立てるが、堤は気づかない。

「伊藤は俺たちを捨てて逃げようとした。俺たちが助けてやったのに、あいつの本当の友達は俺と信太、ふたりだけなのに、いつの間にか調子に乗った。俺たちよりも友達が多くなって、俺たちよりも金持ちになった。俺たちがここにいるのに、違う場所で生きることを選んだんだ！」

俺たちは友達だったのに、と言い終わる前に、信太は右膝で堤の左頬を蹴飛ばす。話に集中し、油断していた堤は横向きに倒れ、すぐに反応できない。その隙に信太は手を伸ばして食卓のテーブルクロスを引っ張り、ノートパソコンがずるりと滑り落ち、その角が堤のこめかみあたりを直撃する。堤は一瞬目を見開いた後、まぶたを閉ざし、がくりと脱力する。その鼻の穴から一筋の赤い血が垂れたが、信太は自分が立ち上がるのに必死で、気がつかない。

信太も腰が抜けているが、四つん這いになり、冷蔵庫を支えにして、ゆっくりと体を起こす。膝が笑って、まるで歩きはじめの幼児のように震えるが、何とか立ち上がる。それから壁や、キャビネットを伝いながら、裏庭へ向かう。

嵐はまだ終わらない。強風は裏庭の木々や雑草を激しく揺らし、折れて皮一枚で繋がっている枝が、今にも吹き飛びそうだ。どこの家から飛んできたのか、青色のトタン板がブロック塀に張りついている。

レンタカーはまだそこにある。白い乗用車のタイヤに、折れた木の枝が挟まったまま、動けずにいる。信太はベランダ窓のクレセント錠を下ろし、少しずつ窓を開ける。たちまち悲鳴のような音とともに風と雨が部屋の中に吹き込んできて、紙や、ごみ屑や、丸めたティッシュなどが飛んでいく。

すさまじい風圧と雨の勢いに、目を開くのも難しく、信太は腕で顔を隠しながら、ゆっくりと庭へ降りる。どこかへ転げていったのか、サンダルが見当たらない。裸足のまま、濡れた土の上を進む。

空は黒い雲と灰色の雲が渦を巻き、その間から、太陽が時折顔を覗かせる。悪天候なのに奇妙なほど明るい空の下、白い乗用車の窓は反射して、内側が見えない。信太は唾を飲み下し、助手席のドアに手をかける。鍵はかかっておらず、呆気なくドアが開く。たちまち中から、よく知っている男の、力の入っていない手が、ずるりと落ちる。肌の色は蠟で作ったように青白い。

外が嵐だと知らないのか、彼の指先にとまっていた一匹の蠅が飛び立ち、風に揉まれ巻き込まれていく。

潮風吹いて、ゴンドラ揺れる

目を覚ました時、僕はたったひとりで観覧車のゴンドラの中にいた。窓から差し込む太陽の光がまぶしく、目を細めながら外を見ると、静かに波打つエメラルドグリーンの海がきらきらと輝いていた。

ここがどこなのかすぐにわかったのは、何度となく遊びに来た、おなじみの遊園地だからだ。海辺の町の端っこに造られた、古くて寂(さび)れた、小さな遊び場。

観覧車はなぜか止まったまま、動いていなかった。宙ぶらりんの薄汚れたゴンドラには、何人もの客の面影がこびりつき、座席は汗くさく、海と消毒用の塩素のにおいが入り交じった空気がこもっている。ドアはロックされていなかったようで、ハンドルに軽く手をかけただけで簡単に開いた。

「おーい、誰か！　助けて！」

しかし僕の声に応えてくれたのは、潮風と波の音だけだった。他のゴンドラにも、観覧車の操作室にも人がいない。ドアを開け放ったまま、真下を覗いてみる——地面まで二メートルくらいだろうか。このくらいなら、飛び降りても大丈夫だろう。狭いベンチから立ったとたん、ゴンドラが揺れて怖かったけれど、スニーカーを履いた足を踏みしめて、えいっと外へ飛び出した。着地と同時に、思ったよりも強い衝撃が体中に走り、僕は足を抱えてしばらくうずくまった。その格好のまま、あたりを見回してみる。

手押しワゴンの手すりにくくりつけられた、パウダーピンクやレモンイエローなど色とりどりの風船の束が、淡い青色の空の下で揺れている。でも、風船に手を伸ばそうとする子どもも、ガムを噛みながら面倒くさそうに売るスタッフもいない。誰の姿も見えなかった。客がまばらなのはいつものことだけど、スタッフも不在なら、ここをねぐらにしていたホームレスの姿もない。ベンチのまわりをふてぶてしく歩き、餌をねだるカモメすら消えていた。スピーカーも黙りこくって、時代遅れのポップスを流す園内音楽もなし。耳に届くのは、ゴンドラが風で軋む音や、コースター乗り場の入口ではためいている旗の音くらいだ。

足の痛みが引いてきたので、立ち上がってみる。すると、観覧車を支える軸のところに、何か大きな、黒っぽいものが引っかかっていることに気づいた。

人だ。燃えて真っ黒になってしまっているけれど、縮んだ頭と折れ曲がった腕と足で人間だとわかる。

僕はこの死体が誰か知っている気がした。だけど思い出せない。くしゃみの前触れの、鼻の奥がむずむずするみたいな感じだ。一発出せたらすっきりするのに、むずがゆさが忽然と消えてしまった時と同じく、考えているうちに記憶のとっかかり自体が頭から失せてしまった。

確かめてみようか。だけど僕は、黒焦げの死体に近づこうとして、やめた。炭になった頭の一部が剝がれ、こちらに飛んできたせいだ。くるっと背を向けた勢いで歩き出し、死体を置き去りにする。他に人がいないか探した方がいい。

町の子どもたちはみんな、赤ん坊の頃から、潮風で錆びついたこの遊園地を知っている。まだ無邪気に遊べた時期は、観覧車がとてつもなく大きく見えたものだけど、十四歳の今では、笑ってしまうくらい小さく感じた。ここにあるアトラクションは、観覧車とメリーゴーラウンド、ゲームセンター、滑り台を少し長くした程度の狭苦しいコースターだけ。赤い車体が素敵だったゴーカート場は、いつの間にか閉鎖していた。あとは、観覧車のそばにある呪いの館くらいだけど、そこには不気味な蠟人形の魔女がいるだけなので、誰も寄りつかず、不良のたまり場になっていた。呪いの館の周辺はいつもアンモニアのにおいがして、タバコの吸い殻だらけ、紫色の壁一面に、スプレーで書いた落書きがある。もし僕が親だったら、子どもには絶対見せたくないような内容だ。

汚れた薄緑色の敷地をぶらぶらと進み、ピンクと白のストライプ模様のテントを張った、ポップコーン売場の前を通りかかった。その時、次の死体を見つけた。今度は焼け焦げていなくてきれいだったから、誰なのかすぐにわかった。

「ネヴィル」

赤い野球帽に、跳ね上がった栗色の髪。チェックのフランネルシャツの上から青いダウンベストを着た、うちのクラスで一番背が高いやつ。間違いなくこいつはネヴィル、僕をいじめた三人組のひとりだ。鼻の穴から血を垂らし、うっすらと開いたまぶたはぴくりとも動かない。彼は完全に死んでいた。

その時、僕の頭にひとつの情景が浮かんだ。さっきのゴンドラに火がついて燃え上がる場面だ。濃いオレンジ色の炎が窓の外から攻めてきて、煙を吸い込んで息ができない。熱くてたまらない。そして僕は自分自身の悲鳴を聞いた。

まるで夢か、映画を観ているみたいだけど、もっとずっとリアルだった。僕のチンケな想像力じゃ思いもつかないくらい痛くて、熱くて、実際に体験したとしか思えない。あんなの、まるで自分が死ぬ間際みたいじゃないか。

後ろで観覧車が風に軋むぎいぎいという音が鳴っている。僕は、死んだんだろうか。怖かった。死ぬほど怖い、いや、本当に死んだのだとしたらもう死んでいるわけだけど、僕はまだ十四歳で子どもなのに、人生を生きることができなくなってしまった。なんとか戻れないだろうか、元の世界に?

膝が震えて止まらず、ポップコーン売場のワゴンにもたれかかった。そうすると、誰もいないのにポップコーンは次から次へと弾けて、金属製の器から湧き、透明な箱へとこぼれ落ちていった。けれど箱はいっぱいにならない。

やっぱりここは現実ではないんだ。夢とも違う。人がいないのも、死体ばかり転がっているのも、死後の世界だからなんだ。

つまり、僕はもう死んでいる。

やけっぱちになった僕は、箱の小さなドアを開けてポップコーンをわしづかみにし、口の中へ押し込めた。かりっと軽くて香ばしい、できたての味がする。舌の上にのせてみると涙のようにしょっぱかった。

ワゴンに備え付けてあった紙の容器を取って、ポップコーンを好きなだけ盛る。自分が死者だという事実は怖いけれど、でもこうして意識があるのは嬉しかった。死後の世界なんて存在しないと言われていたけれど、みんな死んだことがないから知らないだけで、本当はこれが新しい世界のはじまりなのだろう。湿気ていないポップコーンも食べられるのだから、ひょっとすると現実の世界よりマシかもしれない。

考えてみれば、僕の十四年間の人生はしょぼかった。友達もいなかったし、両親に会いたいわけでもない。パパはずいぶん前に出て行ったきり会ってないし、ママは僕より仕事を大事にしていたから、僕が死んだところで悲しまないだろう。

「少なくとも、ネヴィルが死んでる世界は、良い世界だ」

口に出して言葉にしてみると、気分がいくらかすっきりした。なぜここでやつまで死んでいるのかはわからないけれど、いい気味だ。

ネヴィルのいじめ方は、殴ったり蹴ったりするだけではなく、相手の弱みを握って、あれこれ命じ、自分の思いどおりにするというものだった。教師などの大人たちの前では優等生らしくふるまうし、いじめられっ子と毎日一緒にいるから、親しそうに見える。表面だけなら、僕はネヴィルの一味のひとりだと思われていただろう。

ネヴィルに握られた僕の弱みとは、一度だけ、テストでカンニングをしたことだった。本当はそんなつもりじゃなかった。たまたま、転がり落ちた消しゴムを拾おうと腕を伸ばした時、斜め前の机にあった答案用紙が見えてしまったのだ。その後ろの席に座っていたのが、ネヴィルの取り巻きのひとり、トムだった。

すべて見られていた僕は、それからネヴィルたちのために、いろいろなことをさせられた。お金も渡したし、代わりに買い物をしたり、クラスメイトがロッカーに隠していたポータブルゲーム機を盗んで、ネヴィルに渡したりもした。年上の女の子を部屋に連れ込んだ後で、見張りをさせられたこともある。それらに飽きると、ボクシングの練習につきあわされ、手が真っ赤になった。

最悪だったことのひとつは、町はずれに住んでいる奇妙な男のことだ。紺色のウインドブレーカーが特徴の、ロリコンという噂（うわさ）で、何人かの女の子が実際に触られ、警察沙汰になったこともあった。ネヴィルは「ロリコンは懲らしめなきゃ」と笑いながら、そいつの家の庭にある郵便受けを燃やそうと提案した。だけど自分の手を汚そうとはしない。

「友達だろ？　協力しろよ」

ネヴィルたちはそう言って、僕にそいつの郵便受けへの放火を強要した。だから仕方なく、彼が不在の時を狙って、郵便受けに火をつけた。その後、男が警察を呼ばなかったらしいのは僕らにとってラッキーだった。

僕はネヴィルの死体に向かってつばを吐きかけ、ご自慢のダウンベストに透明な唾液がべちょっと付いた。ざまあみろ、だ。僕にばかりあれこれやらせたことへの天罰だろう。胸がすっとする。僕はポップコーンを食べながら、遊園地の中を歩いた。

都市部の大型遊園地が華やかなのは、アトラクションの数が多いだけじゃなく、電飾やネオンで彩られているからだけど、ここの電飾は柱と柱の間にほんの数本あるきりで、かえってしょぼさを強調している。屋根代わりのテントは日に焼けて色褪(いろあ)せ、ピエロの形をした木の看板にたまった砂が、風に舞い上がった。白馬ばかりのメリーゴーラウンドはペンキが剝げてしまって、馬の瞳もあったりなかったりだ。赤いテントのてっぺんに戴いたミラーボールはくすんで、輝きもしない。

メリーゴーラウンドの周囲をぐるりと回ってみると、またひとつ死体を見つけた。白馬と白馬の間に、ネヴィルの手下、ちびのマイクが倒れている。うつぶせで、後頭部の赤毛がそよそよとなびいていた。

ネヴィルとマイクが死んでいるということは、三人目のトムも死んでいる可能性が高い。ひょっとして、最初に見た黒焦げの死体がトムだったのだろうか。

しかし園内の一番奥に着いた時、それは違うとわかった。射的のワゴンの前で、トムが膝を抱えた格好で倒れていたからだ。僕はトムの浅黒い横顔から目を背け、隣のゲームセンターのドアを開けて、中へ入った。

薄暗いゲームセンターの中も、現実の遊園地と変わらず、そっくりそのままだった。古い型のアーケードゲーム機が六台と、大きなダーツが三台、それからエア・ホッケーと小さなボウリングの台。ダーツは円の配色が虹色で、見つめすぎると目がチカチカする。

ここも無人だ……対戦ゲームもダーツもやりたい放題、好きなだけ遊べる。嬉しくてにやけながら台に駆け寄ったところで、僕ははたと気がついた。コインがなければゲーム機は動かない。全身のポケットをまさぐったけれど、ジーンズからもパーカーからも、コインは一枚たりとも見つからなかった。ゲーム機の画面は真っ暗で、ボタンを押したところでうんともすんとも動かない。

仕方なく、エア・ホッケーのスイッチを入れないまま、台にプラスチックの円盤を滑らせて遊ぶ。けれど円盤はいつものようになめらかに動いてくれず、カチャンと間抜けな軽い音を立てて止まってしまった。

神様が僕をここに置いたのだとしたら、コインくらいポケットに入れておいてくれればいいのに。せめて誰かいたら、この状況を一緒に馬鹿にして笑うことができたのに。でもネヴィルは嫌だ。トムもマイクも嫌だし、ニキビだらけの無愛想なスタッフも、観覧車の裏に住み着いていたホームレスに会うのも嫌だ。もし今、好きな人を自由に呼び寄せることができるのなら、誰がいいだろう。ビリー・アイリッシュとか、ケイティ・ペリーとか？ いや、有名人が目の前にいたら、あがってしまってまともに話せるわけがない。

じゃあ、ママに会えたらどうするだろう。久々にママと向かい合って食事をしたり、話したり。ママに「おはよう」を言うことはほとんどなかった。毎朝、誰もいない家の、狭くて暗い台所に入るのが嫌だった。人の声がしないと不安だから、仕事に行く前にテレビをつけておいて、と頼んだけれど、電気代がもったいないと言って、一度もそうしてはくれなかった。

僕は溜息をつき、エア・ホッケーの台に座って、つま先をぶらつかせた。ふと下を見ると、さっきまで立っていたところに、大きな蛾が死んでいる。翅が潰れてちぎれ、胴体もひしゃげている。

蛾というと、ディーディーのことを思い出す。ディーディーは僕よりひとつ年上で、隣の家に住む少女だった。パパがエンジニアで、彼女自身も機械いじりが好きだった――好きなんてものじゃない、マッド（狂気）とディーディーを掛け合わせて〝マッディー〟とあだ名をつけられるくらい異様だった。いつも、ガレージを改装して作った実験室にいた。自動車の電装品やモーターを部品につないで、掃除ロボットなどの発明に没頭し、邪魔をされると、相手が誰であろうと怒鳴り散らす。蛾に針を刺し電極をつなぎ、自在に動かすことができるか試していたこともある。あれ以来、僕は蛾を見ると、彼女の不気味な微笑（ほほえ）みを思い出してしまう。

それでも、ディーディーを前にすると、僕はいつもどぎまぎした。彼女はとても美人だからだ。黙って座っていると、天使みたいだとみんながささやく。せっかくの長い金髪を、モーターに絡（から）まると危ないからと短く切ってしまった時、僕は密かに落胆した。ディーディーの青い瞳――この町に寄せて返す海の色と似た、緑がかった青い瞳が見つめるのは、機械や配線だけだ。つんと上向いた鼻が嗅ぎとるのは、オイルとプラスチック、そして火花のにおい。

幼なじみの面影を思い出していたその時、背後でドアが閉まる音がし、何者かが入ってくる気配を感じた。ほんの一瞬、ほんの少しだけ、ママかディーディーが来てくれたのかと思った。だけど、慌てて振り返って見た先には、さっきまで死んでいたはずのネヴィルが立っていた。

僕は身構えて、ネヴィルがいつものように意地悪い笑みを浮かべ、罵ってくるのに備えた。しかしネヴィルの様子が変だった。ゲームセンターの入口のところで佇み、不安そうに体を丸め、きょろきょろと目を動かしている。僕らの間にはアーケードゲームの台が並んでいたから、ひょっとして僕がここにいることにも気づいていないのかもしれない。だから僕は、思い切って声をかけてみた。

「ネヴィル」

するとネヴィルは、まるでそばで、みんなから嫌われてる先生が鞭を振るった時のように、びくっと体を跳ね上がらせた。その姿があまりにも情けなくて、僕はつい笑ってしまった。

「……なんだ、お前かよ」

舌打ちしながらネヴィルはこちらへやってきたけれど、いつものような堂々とした歩き方ではなく、小走りに、あたりを気にしながら近づいてくる。

「どうしたの？」

「どうしたもこうしたも……なんでお前はそんなに普通なんだよ。外でトムとマイクが死んでる。ここはどこだよ？　どうして誰もいない？　どうやってここに来た？」

ネヴィルは青い顔をしている。さっきまで自分が死んでたことを知らないらしい。僕の心は、生きていた頃には味わえなかった満足感でいっぱいになった。

「ここは〝あの世〟だから。僕らはもう死んだんだ。君もポップコーン売場の前で死んでたよ」

「〝あの世〟？　俺の死体？　はっ、ふざけんな」

僕を馬鹿にしようとしているけど、ネヴィルの口元は引きつって、全然笑えていない。

「……さっき、ポップコーン売場の前で目が覚めたんだ。おい、ひょっとしてお前がトムとマイクを殺したんじゃないだろうな？」

「まさか」

「ふたりだけじゃねえ。他のうるせえ客どもも、ガムの食い過ぎで馬鹿になったスタッフも、ホームレスのジジイも殺したんだろ。俺が来るまで、ここで何してた？　お前は根暗だからな。根暗はサイコ野郎って決まってる」

「ひどいよ」

僕が抗議すると、ネヴィルはゲーム機を思い切り蹴って、僕を威嚇した。

「お前もあの女もキモい。西通りに住んでる連中はみんなキモいんだ」

あの女って誰のことかと聞き返そうとして、ディーディーだと気づいた。そういえば何度かネヴィルから、ディーディーを連れてこいと命じられたことがある。彼女は人嫌いだけど、幼なじみの僕にはいくらか気を許していたから。僕のその誘いに彼女が乗ったのは二回だけだったけれど。

「ディーディーを遊園地に誘えって僕に言ったじゃないか。本当はネヴィル、彼女のこと好きなんでしょ？」

そう口にしたとたん、思い切り突き飛ばされて、僕は舌を噛んだ。痛みが脳天を突き抜け、目の前で星が散る。

「黙れ。あの女は俺を避ける。逃げやがるんだよ。二度とあいつの話はするな」

つまり振られたってことか、いい気味だ。僕はじんじん痛む舌を突き出して、犬みたいにハアハア息をしながらほくそ笑んでやった。するとネヴィルは癇癪を起こし、僕の胸ぐらを摑んだ。しかし様子がおかしい。ネヴィルは僕の後ろに何かを見つけると、口をぽかんと開けて手を離し、大きく一歩下がった。

「トムとマイクが動いてる！」

目を丸く見開いた視線の先を追うと、大きな窓ガラスの向こうを、背の高いトムと小柄なマイクが連れ立って歩いてくるところだった。僕はすでに、死んでいたはずのネヴィルが甦るのを見ているから、もう驚かないけれど、これがはじめてのネヴィルはふたりをゾンビだと勘違いしたのかもしれない。なんだかいい気味で、僕はわざと大声を出した。

「おーい、トム、マイク！」

僕が呼びかけると、恐怖で顔を引きつらせたネヴィルは、慌てて僕の腕を摑んで揺さぶった。けれどその時にはもう、トムとマイクはこちらに気づいて、ドアを開けた。

「怖かった、人がいないんだもん」

「ほら言っただろ、絶対に誰かいるって。マイクのビビりっぷり、すごかったぜ」

トムはげらげら笑いながら、マイクの細い首に腕を回した。『ウォーキング・デッド』に出てくるようなゾンビにはとても見えない。すると、ついにネヴィルも「ははっ」と声を立てて笑った。

「なんだ。つまりこれは夢なんだな」

「夢？」

「ただ夢を見ているだけだ。おなじみの遊園地が舞台の夢を見てるだけ。それなのにこいつ、ここは〝あの世〟だとか言いやがって」

さっきまで怯(おび)えていたくせに、ネヴィルはもう強気になって、僕を小突いた。

「夢じゃないよ、だってこんなにリアルなのに」

夢の中で出会う人々は、僕の脳みそが作ったものだから個々に意思はないし、夢の展開に合わせて動いたりする。けれどネヴィルはそうは見えない。トムもマイクもだ。

「みんなで同じ夢を見るって、そんなことあるかな？」

しかし三人は僕の言葉なんて聞こえないふりをして、大股で肩をいからせ、ゲームセンターの中を物色している。トムは対戦ゲームの前を通りすぎる時に、マシンを乱暴に叩き、コインを吐き出させようとした。不快きわまりない笑い声——僕はゲームセンターから出てしまおうかと思ったけれど、結局、小走りで三人の後についていった。

「ねえ、もうひとつわからないことを聞くよ。観覧車のところにあった死体、あれが誰かわかる？　燃えて真っ黒になってた」

「そんなの知らねえよ」

「本当に？　僕、あれが誰だか知っているような気がしてしょうがないんだ。一緒に見に行こうよ」

その時だった。

ガシャンという音と共に天井の電灯が点き、ゲームマシンたちが一斉に音を立てて起動をはじめた。たちまちあたりは騒がしくなり、スピーカーから音楽が鳴り響く。ダーツの的のバックライトも点灯して、七色が交互に光っている。

ぽかんと口を開けている三人組から少し離れて、窓の外を確かめてみた。すると、日の光でまぶしく照り返す遊園地の道を、ピエロが歩いてくるのが見えた。真っ白い顔に真っ赤な唇、頰には黄色い星と水色の涙のメイキャップを施し、緑色の帽子をかぶっていた。ウサギの耳のようにふたまたに分かれている帽子の先っぽで、赤いポンポンが揺れている。体つきはまるで風船で膨らませているかのようにまるまるとし、白地に赤の水玉をちりばめたジャンプスーツを着ていた。

「外にピエロがいる」

　窓の外を指さして教えると、トムとマイクもピエロの方を向いて笑った。

「よかった、ちゃんとスタッフがいたんだ」

「お前さ、黒焦げの死体が気になるんだろ？　あいつにお願いして一緒に行ってもらえよ。なあ、ネヴィル……ネヴィル？」

　さっきまでダーツの前にいたネヴィルがいない。トムとあたりを見回し、アーケードゲームのマシンの裏側で、しゃがんでいるネヴィルを見つけた。額にじっとりと汗をかき、顔色は紙のように白い。

「何してんだよ？　かくれんぼでもしたいのか？」

　トムがそう言って笑ったのと同時に、ゲームセンターのドアが開く音がした。さっきのピエロが入ってきたのだ。

　ピエロは真っ直ぐ突進してくる。まるで僕らの後ろに電車が停まっていて、早足でそれに飛び乗ろうとするかのように。そして僕らは、猛スピードで走り来る車の前で固まってしまう猫みたいだった。ピエロの帽子の先っぽで弾んでいる赤いポンポンばかりに気を取られて、ピエロが何を持っているか、まるで注意していなかった。

「ぎゃっ」

トムが変な声を出した。ピエロに抱きつかれたからだろう——今ピエロは、背の高いトムの胸に抱きつき、熱烈なハグをしているように見える。でも様子が違う。トムは茶色い手を小刻みに震わせながら、ピエロを突き飛ばした。

「おい、トム！」

トムのグレーのTシャツに、丸くて黒っぽいしみができている。しみはどんどん広がって、ぐっしょりと濡れ、目を見開いたトムはよろめいて尻餅をつく。ピエロの右手には赤く染まったナイフが握られていた。

「逃げろ！」

ネヴィルの悲鳴のような声で我に返り、僕たちは出口に向かって走った。ガラスのドアを開くと強い風が吹きつけ、ネヴィルの青いダウンベストの裾が翻る。暑いほどの日差しの下に出た僕たちは、射的のワゴンまで走り、亀裂が走った柱にしがみついた。

ゲームセンターを振り返ると、開きっぱなしになったドアから、トムが現れた。Tシャツはすっかり濃い色に染まってしまった。しかし、それでもトムは歩いている。ゆっくり、ゆっくり、長い足をもつれさせながら、まぶしそうに顔をしかめ、歩いてくる。

トムの後ろにはピエロが佇んでいた。白い日差しに照らされた服に、返り血が飛び散って、赤い水玉模様なのか血なのかもうわからない。トムはようやく僕らのところまでたどり着くと、ワゴンに両手を突き、ふうっと大きく息を吐いた。そしてそのまま地面に倒れる。砂埃(すなぼこり)が舞い、トムは最初に死んでいた時と同じ格好で、再び死んでいた。

なぜ？　なぜ甦ったのにまた死ぬんだ？　ここは死後の世界じゃないのか？　ネヴィルが言ったとおりただの夢なのか？　ただの夢なら怖くない、ピエロに刺されたって、現実世界のベッドの中で目が覚めて、内容は忘れてしまえる。でも夢じゃなかったら？

僕とネヴィルとマイクは、ワゴンの裏から飛び出し、ピエロがいるところから反対方向へ走った。

さっきまで無音だったスピーカーから、場違いなポップスが流れている。遊園地全体が息を吹き返したようだ。動き出したメリーゴーラウンドの白い馬は、永遠にゴールに着かないレースをはじめ、コースターは誰も乗っていないのに、急斜面のレールをカタカタ登っている。入口のアーチを縁取る並んだ電球は、ところどころ寿命が尽きかけ、ぎこちなく点滅した。

レールのてっぺんまで登ったコースターが、一気に滑り落ちる。派手な車輪の音と、メリーゴーラウンドのミラーボールから流れてくるかわいらしいワルツが混ざり、耳がおかしくなりそうだ。人の声は聞こえない。子どもの笑い声もない。アトラクションだけがただひたすら動き続け、僕自身の息はどんどん荒くなる。

「あっ」

いつの間にかほどけていた靴紐(くつひも)を踏んでよろめき、転びそうになる。反射的に何かを掴んだおかげで体勢は立て直したけれど、僕が握ったものは、ピエロの形をした看板だった。真っ赤な、真っ赤な丸い鼻——慌てて手を離し、右手を上着で拭きながら、僕は再び走った。

閉鎖されているゴーカート乗り場前にさしかかったところで、突然シュパッという大きな音がし、後ろからマイクの叫び声がした。

振り返ると、ついてきていたはずのマイクが、なぜかメリーゴーラウンドの回転する土台に乗っていた。いったい何をやってるんだ？　前を走っていたネヴィルも怒りながら戻ってくる。

「おい、ふざけてないで早く来いよ！」

しかしマイクは回転するメリーゴーラウンドから降りなかった。降りることができなかったのだ……木馬とマイクの肩がつながってしまったせいで。正確に言うと、ボウガンの矢で射貫かれ、たまたまメリーゴーラウンドのすぐそばを走っていたマイクはよろめき、回転する円形の土台に倒れ、その拍子に、肩に刺さった長い矢が木馬の支柱に引っかかってしまったのだ。

「痛い、痛いよ、助けて！」

マイクは泣きながら起き上がろうとするが、一方の肩が動かせないせいか、ただもがくばかりだ。生きたままピンで刺された虫のようだ。引き返して助けようとしたけれど、ピエロがもう間近に迫っている。両手で持っていたボウガンを無造作に放り、メリーゴーラウンドのマイクに真っ直ぐ向かっていった。

「行くぞ」

ネヴィルの声に我に返った僕は、マイクを置き去りにして逃げた。マイクの悲鳴が、絶叫が追いかけてきても、振り向かずに走り続けた。あれはマイクじゃない。誰かがテレビを観てて、俳優が叫んでいるだけだと自分に言い聞かせて。

空は相変わらず穏やかな、春らしい青色をしていた。そうだ、確か今は春だった。その下で、白い観覧車のゴンドラが軋みながら回る。

あの観覧車で何かがあった。その日見た空も今と同じ雲ひとつない、柔らかな青だった。ゴンドラに乗った瞬間に感じた恐怖がありありと甦る。僕は以前も誰かに追われて、観覧車へ逃げ、そこで最期を迎えたんだ。

「ネヴィル、待って。待ってったら！」

僕は前を行くネヴィルの肩を摑んで、無理矢理足を止めさせた。

「何するんだよ！」

「ねえ、あのピエロはいったい誰なの？」

噛みつきそうな勢いで怒鳴ってきたネヴィルに、ひるまず詰め寄って怒鳴り返すと、ネヴィルは急におとなしくなって、口をつぐんでしまった。

「教えてよ。君は知ってるんだろ？」

ゲームセンターでピエロを見た時、僕と他のふたりは何とも感じていなかったけれど、ネヴィルだけは顔面蒼白で、マシンの裏に隠れた。うちのママはピエロの扮装がただ怖いというタイプで、テレビにピエロが映るだけでチャンネルを変える人だったけれど、ネヴィルは違う。前にピエロのパフォーマーをおちょくってたくらいだから、ピエロそのものが怖いというわけじゃない。

ネヴィルは眉間に深いしわを寄せ、しばらく悩む様子だったけれど、僕の背後をちらっと見るなり、「ここじゃまずい」と言って歩き出し、ポップコーンのワゴンがある角を曲がった。

ネヴィルが向かったのは、濃い紫色をした壁の呪いの館だった。ずいぶん前に一度だけ入ったことがあるけれど、たいしたものは何もないアトラクションで、いかにも魔女っぽいローブを着た老婆が、低い声で「お前を呪ってやる」とかなんとか言う……でも老婆は蠟人形だし、声は録音したナレーションがスピーカーから流れるだけの、子どもだましだ。だから客はまったく入らず、不良たちのたまり場になって、普通の人は近寄らない。そんな呪いの館に着くと、ネヴィルは建物の陰に隠れて僕を手招きし、そして意を決した様子で話しはじめた。

「思い出したんだよ。俺は前に、あのピエロに襲われたんだってことを」

「ちょっと待って、営業中に襲ってきたってこと？　あんな風にナイフだのボウガンだの持って？」

「営業はしていなかった。休園日だったんだ」

「月曜日？」

確かこの遊園地は毎週月曜日が休みだったはずだ。けれどネヴィルは首を横に振った。

「そうじゃない。観覧車の修理で閉まっただろ。覚えてないか？　俺たち三人とお前とで、ここに来たじゃないか」

覚えてない、と言いたかったけれど、記憶の片隅から風景が甦り、湧き上がってきた。

あの日、僕はネヴィルに呼び出されてここに来た。だけど門が閉まっていて中に入れなかったのだ。こんな風に天気のいい昼時で、観覧車を修理しているはずの作業員はランチに出かけているのか、誰も見当たらなかった。背伸びをして中の様子を窺っていると、ネヴィルとトムとマイクが後ろからやってきて、僕に「何の用だよ？」と聞いてきた。君が僕を呼び出したんだろ、と言い返したら、「頭がおかしいのか？　お前が呼んだんじゃないか」と笑われた。そして三人は門を乗り越え、園内に入った。

「……そうだった。僕も君たちの後についていった」

するとネヴィルは呪いの館の入口にかかっているカーテンを開け、僕に向かってあごをしゃくった。

「入れ」

「は？」

「入れよ。誰かいないか確かめてこい」

誰かって何だ？　だけどネヴィルは僕が質問する前に肩をぐいっと押してきて、僕はカーテンの中へ入らなければならなかった。

「ようこそ、私の館へ」

センサーでも仕込んであるのか、一歩踏み入るなり、上のスピーカーからおどろおどろしい音楽と共に声が聞こえてきた。部屋は暗いが中心だけ明るく、下からの照明に、人影がぼんやりと浮かび上がっている。

「お前たちはもうここから出られない」

部屋の真ん中にいるのは、いつもの蠟人形の魔女で、手元にあるのは水晶に見立てたガラス玉だ。魔女が呪いを云々としゃべりはじめると光る仕組みになっている。いつ来ても同じ、つまらないアトラクション。さっさと通りすぎて外に出てしまおう。しかし僕は何か柔らかいものにつまずいて、まともに転んでしまった。そして異変に気づいた。

「この呪いは私の怒り。呪詛を受けよ。お前たちは永遠に外へ出られない。永遠に」

僕がつまずいたもの、今僕の足の下にあるものは、人間だった。仰向けに寝そべり、頭が蠟人形の魔女の両手の間に挟まっている。普段だったらガラス玉があるところに、生首がのっているのだ。

足腰に力が入らず、僕は地べたに尻をつけたまま、背中が壁に当たるまで後ろに下がった。死体は男だった。大人の男——知らない人、のはずだ。髪と髭はさっぱりしているのに、上着のウインドブレーカーはあちこちがすり切れて破れている。このウインドブレーカーには見覚えがあった。視線を下へと動かしていき、股間のところで僕は自分自身の睾丸が縮み上がるのを感じた。斧が突き立てられて、血だまりが広がっている。

「あの変質者の男だ」

突然隣で声がして、僕は悲鳴を上げ、すかさず手で口をふさがれる——ネヴィルだ。唇に当たる感触で、彼が震えているのがわかる。

「町はずれに住んでいたロリコン野郎だよ。お前が郵便受けを燃やしたあいつさ。やっぱり殺されたんだ」

「やっぱり、ってどういうこと？」

「俺たちは共犯だからさ。俺とトムとマイク、この変質者、それからお前も」

「僕は違うよ」

反論はネヴィルに鼻で笑われた。

「違わない。お前も同罪なんだよ。あの女から見れば」

「ちゃんと説明してよ。〝あの女〟って誰？」

「覚えてないのかよ？」

ネヴィルが苛立ちもあらわに言ったその時、カーテンが開き、暗い呪いの館に光が差し込んだ。逆光でもすぐにわかる。ピエロが来たのだ。

僕たちはひとことも交わさずに駆け出し、無我夢中で走った。どこまで逃げ切れるかわからない、だけど振り返ったら駄目だ。暗い室内から明るい場所の差で目がくらむ。だけど足を止めることはできなかった。

出口から逃げるのをあらかじめ想定していたのか、ピエロはすでに引き返し、外で僕たちを待ち構えている。植木のところで道がふたつに分かれ、右は観覧車があるどん詰まり、左はゲームセンターがある方、すなわち遊園地の出入口へと続いている。前を走るネヴィルが左を選んだので、僕は右へ向かった。二手に分かれれば、二分の一の確率でピエロから離れられるからだ。

そして僕はこの賭けには勝った。ピエロは左へ進み、僕の後ろからいなくなる。

息を切らせて走り続け、心臓が破裂しそうなほど苦しい。鈍い音を立てながら重たげに回っている観覧車までたどり着いた僕は、乗り場に駆け上がって、目の前を通りすぎようとするゴンドラに手をかけた。しかしどのドアもロックされていて開かない。次々に横切っていくゴンドラを叩き、ドアのコックを引っ張っていると、離れたところからネヴィルの悲鳴が聞こえてきた。僕の頭から背中から足の裏から、汗がどっと噴き出す。

「お願い、頼むから開けて。乗せて！」

そう叫んで次のゴンドラにしがみつき、ドアのコックを思い切り引っ張ると、あっけなく開いた。僕はもつれる足に舌打ちしながら、今にも地上から離れようとするゴンドラにしがみつき、中へ乗り込んだ。

ドアを強く引くと、ロックされる軽い音がした。これでもうピエロは中へ入れない。僕は床に尻餅をついたまま、肺に残っている酸素をすべて吐き出すほどの長い溜息をついた。

ゴンドラはゆっくり、ゆっくりと昇り、地上から宙へ向かう。海風で金具が錆び、ぎしぎしと軋み続けているけれど、さすがに落下するほどではないだろう。僕は重い体を引きずるようにして座席に腰かけ、背もたれに背中を預けた。

結局、観覧車に戻ってきたけれど、目が覚めてからどのくらいの時間が経っているのだろうか。体感ではもう三時間くらい過ぎた気がするけど、窓から見える太陽は相変わらず高い位置にあって、ここは現実世界とは違うのだと改めて思った。

ゴンドラの天井に備え付けられているスピーカーから、かわいらしいワルツが流れてくる。ゴンドラが観覧車のてっぺんまで動いた時、窓から下を覗くと、ポップコーン売場のところで人が倒れているのが見えた。青いダウンベスト。ネヴィルだ。逃げ切れずに殺されてしまったらしい。僕は窓にしがみついて、ピエロがどこにいるのか捜した。

そして気がついた。あの焼死体、観覧車の支柱に引っかかっていた黒焦げの死体が消えている。

ネヴィルは死体だったけど甦った。トムもマイクも甦った。僕も死体から甦ったのだとすれば、あの焼死体だって、人間に戻った可能性が高い。あの呪いの館で死んでいた変質者だろうか？　黒焦げが治った彼は、あそこへ行ってまた殺されたんだろうか？

でも、もういい。疲れてしまった。

考えるのも面倒になって、窓ガラスに額を預けてぼうっとしていると、ふいにゴンドラが大きく上下に揺れた。

「なっ、何だ？」

ゴンドラが揺れるたび金具が激しく軋んで、このまま外れて落下するのではないか、という恐怖で背筋が冷たくなった。この高さから落ちたらひとたまりもない。下を確認すると、観覧車を動かす操作室に、ピエロがいるのが見えた。観覧車は先ほどよりも速く回転しはじめ、あたりの風景がめまぐるしく移り変わる。心臓が体から飛び出そうなほど強く速く脈打ち、気がつくと僕は泣いていた。

「お願いだからもうやめてよ。これ以上怖がらせないで」

僕の声が聞こえているはずはない。だけどピエロは操作室から出てきて、こちらを見上げた。ゴンドラが一周回って地上すれすれを通りすぎる時になって、ピエロは自分の顔を剝がした。僕はこれまであれは本物の顔だと思っていたけれど、違った。お面だったのだ。そして下から出てきたのは、ディーディーの顔だった。

「ディーディー、なんで、どうしてこんなことをするんだ」

そう口に出して言いながら、僕は自分の心の中に後ろめたい気持ちが潜んでいるのに気づいていた。本当はわかっていたんだ、ネヴィルが「あの女」と呼ぶのはディーディーしかいないってこと。やつは美しいディーディーに惹かれていたのだろうけれど、〝マッディー〟が他人に関心を持つはずがないことに。

ネヴィルは何だって自分のものにしたがるし、言うことを聞かない相手は許さない。それはディーディーだって例外じゃないはずだ。僕は何度となく、ディーディーを呼び出せと命じられた。実際にディーディーが来てくれたことは二回だけだ。どちらも遊園地。

さっきディーディーの話をした時、「あの女は俺を避ける。逃げやがるんだよ」とネヴィルは言った。おそらくそれは一回目のデートのことだろう。では二回目は？　二回目にネヴィルはディーディーに何をしたのだろうか？

高速で回転する観覧車のせいで胃がつり上がり、酔いはじめた。スピーカーから流れるワルツにノイズが混じり、まるでラジオのチャンネルがちゃんと合っていない時のように、遠くから声が聞こえた。

「この呪いは私の怒り。呪詛を受けよ。お前たちは永遠に外へ出られない。永遠に」

呪いの館の魔女の声に、股間を斧で潰され死んでいた「ロリコン男」の姿が頭に浮かんだ。

「まさか……まさか」

僕はディーディーを誘った。そしてネヴィルたちがディーディーをあの男に会わせた。男はディーディーに何をしたんだろうか？　そんなのはわかりきっている。股間を潰されて復讐（ふくしゅう）されるようなことだ。呪いの館には誰も入らない。つまらないアトラクション、不良のたまり場。さっきからせり上がってきていた吐き気がついに堪（こら）えきれなくなり、ゲロを床にぶちまけた。

「……だって、ディーディー、君は平然としていたじゃないか、次の日も普通だったじゃないか」

ゴンドラが再び地上に近づいて、僕はピエロの扮装のままでいるディーディーに助けてほしいと懇願した。遊園地に誘った次の日、ディーディーはいつもと何も変わらなくて、僕は少し嫉妬したのだ。ネヴィルとデートしたんだと思っていたから。あのクソネヴィルと、ここで、いちゃついたのだと思っていたから。

あのネヴィルとの二回目のデートを実現させるため、僕はディーディーをこう誘った。

「一緒に遊園地で遊ぼうよ」――そして、ディーディーを園内に入れて、僕は何も言わずに立ち去った。そう、僕は彼女を騙したんだ。ひと気のない寂れた遊園地、子どももほとんどいない、警戒の緩みきった遊園地に、彼女を置き去りにした。ネヴィルたちは三人だ。やつらの腕力は僕が嫌というほど知っているのに。

「ごめん、ディーディー。許して。ごめんなさい。僕が悪かった」

ピエロの格好をしたまま、ディーディーはまた操作室に戻る。するとゴンドラの速さがさらに増し、金具は悲鳴を上げ、隙間から何かが燃えるようなにおいが漂ってきた。ディーディーは機械オタクだ。旧式の遊園地で観覧車をショートさせるくらい、わけないことだろう。

僕がネヴィルから、ネヴィルたちは僕から呼び出されたと勘違いした日。今日と同じ色の空が広がっていた日。あれはディーディーが仕組んだものだったんだ。この遊園地を復讐の場に選んで、人が来ないようにアトラクションを故障させ、休園するように持っていった。ひょっとすると、その時には配線もいじくって準備していたのかもしれない。

窓の外で火花が派手に弾けた瞬間、あっという間にオレンジ色の炎が広がり、ゴンドラを包み込んだ。同じだ。僕の記憶に残っていた最期の風景と、まるで同じだ。化学製品が燃える嫌なにおいと共に黒い煙が充満し、息ができない。のどと肺が焼けるように痛み、咳き込んで喘ぐ。

ガラスを引っ掻きながらディーディーに助けを求める。しかしディーディーが片手に何をぶら下げているかを見た僕は、すべてを諦めた。

ポリタンクだ。彼女は観覧車のすぐそばまでやってくると、支柱によじ登り、ポリタンクの中身を頭からぶちまけた。高速で回転する観覧車から火が移り、ディーディーの体は燃えた。ピエロの扮装もろとも炎に飲まれ、ゆっくりと体を傾ける。焼かれながら顔を上げ、その目と目が合った。

目を覚ました時、僕はたったひとりで観覧車のゴンドラの中にいた。窓から差し込む太陽の光がまぶしく、目を細めながら外を見ると、静かに波打つエメラルドグリーンの海がきらきらと輝いていた。

ここがどこなのかすぐにわかったのは、何度となく遊びに来た、おなじみの遊園地だからだ。海辺の町の端っこに造られた、古くて寂れた、小さな遊び場。

観覧車はなぜか止まったまま、動いていなかった。僕はドアを開け、外に向かって叫ぶ。

「おーい、誰か！　助けて！」

しかし応えてくれたのは、潮風と波の音だけだった。他のゴンドラにも、観覧車の操作室にも人がいない。ゴンドラの位置はさほど高くなく、僕は思い切って飛び降りた。

落下の衝撃で足の裏がじんじんと痛み、僕は歯を食いしばりつつあたりを見回した。誰もいない。空は雲ひとつなく晴れているのに、遊んでいる客も、スタッフもいなかった。アトラクションも、音楽を流すスピーカーも、死んだように黙りこくっている。

足の痛みが引いてきたので立ち上がり、腰を伸ばしていると、観覧車を支える軸のところに、何か大きな、黒っぽいものが引っかかっていることに気づいた。

人だ。燃えて真っ黒になってしまっているけれど、縮んだ頭と折れ曲がった腕と足で人間だとわかる。

僕はこの死体が誰か知っている。でも思い出せない。懐かしさと恐怖が入り交じったような感情が湧いてくる一方で、なぜか、どうしようもない後ろめたさを感じた。

僕は黒焦げの死体に近づこうとする足を止める。炭になった頭の一部が剝がれ、こちらに飛んできたせいだ。

くるっと背を向けた勢いで歩き出し、死体を置き去りにする。他に人がいないか探した方がいい。海から潮風が吹き、観覧車のゴンドラがぎいぎいと軋んだ。

朔日晦日（ついたちつごもり）

虫の声だけが聞こえる真夜中、ふいに、大きな音が鳴った。夏祭りの太鼓が腹の底で叩かれたような、巨大な足が大地を踏みしめたような、ずうん、と全身に響く低い低い音だった。

その音につられて、僕と兄は自分の家の屋根に登り、遠い地平線を見た。まだ夜明けには時間があるというのに、うっすらと仄明(ほの)るく、まるでたくさんの提灯(ちょうちん)が並んでいるみたいだ。あんな光ははじめてだ。

ぞっと粟立(あわだ)つ腕をさすっていると、兄がぽつんと呟いた。

「カミサマが、あちらに御座(おわ)すんじゃ」

「カミサマが?」

「そうさ、神無月(かんなづき)がはじまったから、あっちの方で皆さん御話し合いをなさってるらしい。代わりに、俺たちのところにはいらっしゃらん」

兄は隣家のじいさまから聞いたのだと言う。じいさまはお話好きで、鬼籍に入(い)ってしまわれるまでは、僕らによく御伽噺を聞かせてくれた。とりわけ兄はじいさまが好きだった。僕が外で友人たちと遊んでいる間も、兄ひとりでじいさまの家に通うくらいに。

「もう戻ろう」

カミサマなんていない。夢見がちな兄のたわ言だ。あの光は確かに不思議だが、きっとまた遠くの工場で事故があったんだ。そのせいに違いない。僕は以前、この町の病院に怪我人が運ばれてきたのを覚えている。

秋の夜更けの風は冷たく、僕は早く布団に戻りたかった。屋根瓦を落とさないように気をつけながら、裸足でそうっと、隣の松の木に飛び移る。枝に着地して振り向くと、兄はまだ屋根の上で地平線を眺めていた。

「もう戻らんと、母ちゃんに叱られるよ」

しかし兄は何かに魅入られた顔つきのまま、固まっている。再び、ずうんと音がした。

「兄ちゃん！」

強く呼びかけると、兄はようやくはっと目を見開き、こちらを向いた。その時、一陣の風が吹いた。庭の土埃が舞い上がると同時に、僕も兄も腕で顔を守って、目に砂が入らないようにした。そのはずだった。

翌朝、兄の左目にひとつ、ぽつんとした斑点ができた。朝餉を食べ終わると、兄が自分から僕に伝えてきた――「ゆうべの砂がまだ取れんのじゃけど」と。あっかんべをした兄の左目を僕は覗き込み、確かに、白目に一粒の黒ゴマのようなものがついているのを認めた。きっと土埃が入ったままなのだろうと僕は考える。

「水で洗ったら?」

「何度も試したけど駄目じゃ、全然取れんのよ」

母ちゃんに言うべきか。しかし僕らは、真夜中に布団から抜け出したことがばれるのが嫌で、黙っていた。けれども結局は、何か妙なものが目の中に入ったと打ち明けざるを得なくなった。兄の左目の斑点が日に日に増えていったからだ。白目には黒いゴマ粒、黒目には白いゴマ粒がついたような様子だったので、ひどく気味が悪かった。

同じ頃、兄は妙なものが見えると言いはじめた。いわく、土間のかまどに手のひらくらいの小さな人たちがまとわりついている、庭の木陰に、地蔵さんほどの背丈のばあさんがいる、雨上がりの空にかかる虹を、誰かが渡っている。その変哲な者たちは、右目を手で覆い、白黒がごたまぜになった左目だけで世の中を見ると、一層はっきりとわかるのだという。

「お前にも見えたらな」

「厭(いや)じゃ、そんなもん見とうない」

「そんなに厭なもんじゃない。案外、愉しいぞ」

兄はそう言って朗らかに笑う。何もないところをぼんやりと眺めては、ふいにくすくす笑い出す。

　いちばん不気味だったのは、隣家との境にある躑躅の茂みをじいっと見ていた時のことだ。もう花は枯れて葉も茶色くなった茂み。その向こうに、塀と家屋との薄暗い隙間があった。僕は以前から、じめじめとしたその暗い隙間が恐ろしくて、手前に咲いている躑躅さえ怖かった。兄はその躑躅の茂みにつと手をやり、葉の間から何かを取り出した——それは蛞蝓だった。

「ぎゃっ」

「これはじいさまじゃ。亡くなったじいさま」

　半透明のうにうにと蠢く蛞蝓を、兄は指に乗せ、愛おしそうに微笑んでいる。僕は悲鳴を上げて兄の手から蛞蝓をたたき落とし、草履で踏み潰した。

「何をするんだ！　ああ、じいさまが！」

　ああ、ああ、と兄は悲しげに泣く。ああ、ああ、可哀想なじいさま。恐怖といたたまれなさでどうしようもなくなった僕は、兄から離れ、家に逃げ帰ると、土間のかまどに草履を放り込んで焼いてしまった。父母には叱られ、しばらく兄のお古を履くしかなかった。

　いっこうに良くならない兄の目を母はどうにか治そうと、あちこちの医者に兄を連れて行ったが、治せる医者はいなかった。僕は晩、布団に横たわってから、隣に眠っている兄を見、夜空にかかるいやに明るい月に祈った。カミサマ、カミサマ、御座しますなら兄の目を治して下さいと。しかし祈りは聞き届けられなかった。

月の下旬、いよいよ兄の左目の斑模様はひどくなり、ゴマ粒とゴマ粒が繋がって、ほとんど白目と黒目が逆になってしまった。しかもやけに熱く、痛むのだと言う。しかし医者が氷嚢を当てたり包帯を巻いたりするととても厭がり、いつもは大人しい兄が豹変して暴れる。他に仕様もなく、兄はそのままの目で過ごし続けた。

父母はなぜ兄がこんな風になってしまったのか、何度も話し合い、嘆き合っていたが、僕は理由を知っていた。あの日、神無月がはじまった朔の日に起きた、得体の知れない光のせいに違いなかった。

もうすぐ晦日だ。神無月が終わり新しい月がはじまれば、カミサマが帰ってきて、兄の目は元に戻る。きっとそうだ。

しかしいよいよ晦日の朝、兄は布団から消えた。

明け方、ふと目を覚ました僕は、隣に寝ていたはずの兄の姿がないのを、便所に行ったのだと思った。しかし厭な予感がしてそのまま眠らずにいた――抜け殻のように、兄の形を象って膨らんだ布団。僕はその中に手を突っ込んだ。冷たい。ぬくもりは微塵も残っていなかった。

僕は飛び起きて寝室を出、家の階段を駆け下りた。

「兄ちゃん！」

叫んだけれど、なぜか父母は起きてこない。足は重く、なかなか動かず、まるで夢の中で足掻いているかのようだ。知らない誰かが囁いている声が聞こえる。僕は両手で耳を塞ぎ、もつれる足で、暗く長い廊下を走りきり玄関にたどり着くと、軋む硝子戸を開けた。

夜が明けたばかりの青白い朝の世界に、兄はいた。兄はこちらに背を向け、昇ってくる朝日の方を見ている。その姿が妙だったのは、左手をかすかに広げ、誰かの手を握っているらしいせいだ。

「兄ちゃん……そこにいるのは誰？」

息を荒らげながら話しかけると、兄は何事もなかったような素振りで、振り返った。

「やあ」

「どうしたの。まだこんな時間じゃ。豆腐屋も来てない」

「ああ。でも、行かないと」

「どこへ」

兄の横顔は少し悲しげだった。左側にいる何者かを窺い見て、小さく頷く。

「明日になると、もう俺は何も見えのうなってしまう。わかるんじゃ。この目が落っこちてしまうのが」

「目が落っこちるだって？」

なぜ兄は恐ろしいことばかり言うのだろう。僕は頭の中で、兄の左目がごろりと飛び出し、卵のように地面に叩きつけられて割れるところを想像し、ぶるりと全身が震えた。

「俺は目が惜しい。だからどうしたらいいか考えてたんじゃ」

「どうするん？」

「俺の隣にいる御仁が見えるか？」

「いや、何も見えんよ」

「そうか。実は俺にも見えん。手だけがわかる」

今、左手に握っているのは、兄に目を〝貸した〟カミサマの手なのだと言う。

「この手だけが、今朝俺の布団に入ってきた。腕やら肩やら頭やら触られて、それで、目を捜してるんだとわかった。俺はこの御仁の手を取って、目をえぐられないようにしとる。どっちみち朔日――明日になりゃ、俺のものじゃなくなるけれど」

暴れる手を握ってみると、今度はぐんと引っ張られてどこかへ連れて行かれる。それで兄はそのまま付いていこうと考え、家を出たのだと言う。

「父ちゃんと母ちゃんに伝えといてくれ。俺はきっとすぐ帰ってくる。カミサマに会って、ちゃんと本当の俺の目と交換して、帰ってくるから」

「……その人、本当にカミサマなの？」

「わからん。でも他に仕様がない」

兄は頼りなげに微笑み、一歩、二歩、先へ踏み出した。

どうして止められるだろう。昇り来る朝日が差す町を、何も持たず、寝間着の浴衣のままで出て行く兄を、僕はただ見送った。きっと明日になれば帰ってくる。そう信じて、見送るほかなかった。どこかでかすかに、ずうん、と響く音が聞こえた気がした。

晦日が終わるまでに兄は帰ってこなかった。月が沈んでまた朝日が昇り、新しい朔日がやってきた。次の月のはじまりだ。カミサマはもう戻ってきているはずなのに、兄の姿はない。

あれから僕は兄が帰ってくるのをずっと待っている。

見張り塔

僕は毎朝、号令よりも少しだけ早く起きる。近づいてくる軍靴の音、ぎいっと軋む扉の音で、光のない闇の夢から引き上げられ、鋼鉄の天井に向かって息を吐く。その直後に号令がやってくる。

「起床！」

飛びはねるようにして平たいベッドから起き上がり、昨日と同じ、汗がまだ乾いていないズボンを穿いて身支度をする。仲間と一緒に。号令係の下士官は、僕らが整列し点呼を終えるのを待つこともなく、隣の部屋へ行って同じことを繰り返す。放送もベルもない。街の鉄塔が倒されて電気が来なくなったからだ。

水道の水はまだ出る。でも石鹸は分隊にひとつだけ、顔を洗うにも一苦労だ。あちこちが割れた琺瑯引きの洗面器に水を汲み、頰や口のまわりを少し濡らせば時間切れ、まだ髭が生えてなくてよかった。全部で十二名の僕らは、整列して鉄の階段を駆け下りる。折りたたみ式のテーブルと椅子が四組という狭い食堂で、炊事班から朝飯を受け取り、めいめい席で食べる。内容はいつもだいたい同じ、缶詰の桃、干した肉の欠片、それからじゃがいも入りの水っぽい黒パン。代用コーヒーすら少なくなってきたので、白湯を飲む。

僕らはこの見張り塔で敵を見張る。敵と戦う。どれくらい前から？　少なくとも一年前には、この第三防衛地区にいた。

通路を歩くと、第三防衛地区長で見張り塔の長である大佐付の下士官が立っていて、両手を後ろに組んだ休めの姿勢で、

「連帯。連帯だぞ、諸君。我が祖国の勝利のために最も肝心なこと、それが連帯だ」

と声を張る。〝連帯〟は祖国で生を受けた者が最も多く耳にする単語であり、何より大切な行為だ。ひとりでは弱いかもしれないが、みんなで手を取り合えば強くなれる。強き者は弱き者を助け、弱き者は強き者を支える。足並みを揃え、互いをよく見て、どんなに些細なことでも話し合う。そうでないと人間はばらばらになってしまうからだ。一斉に、一律に。分隊の靴音が、見張り台へと続く屋内階段に響き渡る。五階の弾薬庫をまっしぐらに通り抜けて、奥の重い二重扉を開けた。ショルダーをずらしライフルを背中に担いで、軽快な歩調を崩さず梯子を登る。

今日もよく晴れている。新鮮で甘い空気を胸いっぱいに吸い込む。最上階の見張り台に到着すると、びゅうっと強い風が吹きつけてくる。中央に屹立する真っ白い旗竿のて

っぺんに、祖国の国旗が勇ましく翻り、僕は崇高な気持ちを感じながら敬礼した。

北の青い空と荒れた大地との間には、僕らの街の影がうっすらと見える。しかし、以前は摩天楼のようだった影はだいぶ低くなり、今では岩場みたいな、いびつででこぼこした影になってしまった。

空襲のことを思うと、爪を立てて頭皮を掻きむしり、毛を引き抜いて喚きたい気持ちになってしまう。でも僕らには高射砲塔がある。敵機を一掃し祖国を守り、やがて勝利へと導いてくれる偉大な高射砲塔が。

高射砲塔はこの見張り塔から百メートルほど後方、日に焼けて赤茶けた荒野にずんぐりと佇んでいる。一見すると濃い灰色の巨大な岩のようだけれど、実際は要塞で、敵の攻撃から人々を守っているのだ。高さはこの見張り塔と同じくらいだが、防壁はずっと堅牢(けんろう)だし、体積も四倍はある。頂上からにょきにょきと覗く、並んだ細長い筒は高射砲の砲身で、上空を飛び回る戦闘機や、地上を走る戦車を破壊するほどの威力を持つ。そのひとつひとつには、僕の所属する高射砲中隊の優秀な射手が座っているはずだ。

以前、昼も夜も引きも切らずに爆撃機や戦闘機が飛来して、真っ白く細長い雲を引いて空を滑空し、機関銃を撃ち爆弾を落としていった頃、あの高射砲塔は雷鳴のような音を轟(とどろ)かせ、敵を何機も撃ち落とした。炎の弾が噴くたびに大地が揺れ、きっと神話で聞くような神の怒りとはこんな感じなのだろうと思った。

だけど今は静かだ。最後に高射砲塔の動く姿を見たのはいつだったか思い出せないくらい長い間、沈黙が続いている。物音も、大勢いるはずの人の声も聞こえない。コンクリート製の分厚い壁による高い防護力のおかげで、すべてが隠れてしまうのだ。

しかしだからといって気を抜くわけにはいかない。僕らはここ見張り塔で空や大地を監視し、敵が飛来したのをいち早く確認する。その時は旗を揚げて高射砲塔に合図を送り、後方の街のために空襲警報を鳴らす。他にも、防衛線を越えてきた敵兵はもちろん、降伏しようとする裏切り者が現れた場合は、このライフルで射殺する。それが僕ら、高射砲中隊から分遣した監視分隊の任務、連帯の心だ。

今日も僕らは決められた配置につく。乾いた心地好い風が南東の方角から吹き、軍服の青い襟をぱたぱたとはためかせた。空を仰げば中天は目が覚めるような紺碧(こんぺき)、視線を下げるにつれ色合いは淡くなり、裾が森の果てに広がる頃には、白味を帯びた柔らかな水色に変わっている。雲は湧いていたが、形はいつか食べたわたあめのようで、雨雲ではない。今日も一日晴れるだろう。

見張り塔配属の監視分隊、昼班の十二名のうち、五名が装備の補充や芋の皮むきなどの雑用をするため、ここにいるのは七名と、分隊長と従卒(じゅうそつ)の計九名だ。兵士四名がライフルを構えて持ち場を行ったり来たりし、一名がノートと鉛筆を手に戦況の記録係をつとめ、残りの二名が見張り台の隅に立つ小さな気象台へと登り、双眼鏡で異状がないかどうか監視する。気象台に取り付けてある白い風車は、四六時中音を立てて回るので、ここはいつも風車のからからという音楽が鳴りっぱなしだ。

街の反対側、南には海のように広く深い森があって、敵の歩兵どもはここまで及んでいるという話だった。一年経っても侵攻してこないのは、この暗い森に鬱蒼と茂る木々が敵の歩みを阻み、また森の中へと消えていった我らが勇敢な師団が、戦闘で勝利をおさめ続けているおかげだ。

それでも、一日に二、三人の敵兵の姿を見る。赤い線の入ったヘルメットや赤襟の軍服を見つけたら、監視係が即座に合図し、隊長が命令を下し、目標を狙いやすい位置についている隊員がライフルで撃つ。その工程は雷電のごとく素早く、目標は音もなく倒れ、それから微動だにしない。

「警報、目標発見！　南南西方向に敵兵一名、目視距離三百！」

「了解、南南西方向に敵兵一名、二番射手、撃て！」

「二番射手、撃ちます！」

スコープの丸い拡大画面には、こちらに背を向けて走り逃げる赤襟の敵の姿がある。僕は引き金を引き、間髪を容れずその背中に穴が開き、敵は倒れて、ヘルメットが転がった。記録係がノートに走らせる鉛筆の音。

赤茶けた荒野には、ぽつんぽつんとインクを垂らしたしみのようなものが、ところどころに落ちている。骸だ。

「だからさ、コンデンサを手に入れたいんだよ。どうにかならないかな」

夕食の時、後ろの席に座っているやつらの会話が聞こえて、僕は肩越しにちらりと振り返った。分隊の五番が、十番に話しかけているところだった。五番は気分屋な上に唐突なことを口にする性格なので、面倒くさそうにあしらおうとする十番に同情した。

「コンデンサ？　なんでそんなものが必要なんだよ」

「趣味だよ。だって暇だろ？」

暇だなんて、上官に知られたら懲罰ものだ。僕は隊長の従卒がすぐそばを通るのを見ながら、聞かなかったことにして姿勢を戻し、ブリキ皿の中の麦粥に再び取りかかろうとした。麦粥という名の、灰色のぶつぶつした得体の知れないどろどろに。

食堂にいる一般兵は僕ら分隊の十二名の他に、白いエプロンとコック帽姿の炊事班の三名がいて、みんなそれぞれ席が近いやつとおしゃべりしながら、空っぽで悲鳴を上げている胃袋に餌を流し込んでいる。ドアの前には将校の従卒が気をつけの姿勢で立ち、誰かが騒ぎすぎたり迂闊なことを言ったりしたら、罰を与えに飛んでくる。

見張り台の任務は、もうひとつの分隊〝夜班〟が引き続き遂行中だ。昼班と夜班がこうして交代することで、休息を取りながらの監視が行える。

「……五番は、親父さんが電気技師だったっけね」

向かいに座っている一番がふいにそう言ったので、僕は「さあ？」と肩をすくめつつ匙を口に入れた。麦粥は何度食べても鼻水みたいな味がする。

「僕はあいつの親父さんは旅芸人だって聞いたけど」

「嘘だ、本当に？」

そう言って一番はおかしそうに笑った。穏やかな物腰の一番が笑うと、なんとなく春が笑っているような気持ちがする。新芽が生え、膨らんだ花のつぼみでいっぱいの、ぽかぽかと暖かな野原みたいな少年だ。だけどその優しげな雰囲気とは裏腹に、射撃の腕は分隊随一で、だから隊長にも一番に任命されている。そして僕は二番だ。

僕らにも親から名付けられた名前がある。だけどみんな、上官はもちろん同じ二等兵の仲間たちもまた、隊長から与えられた番号で呼び合っている。よそよそしい関係なのではなく、むしろこれは仲間だから通じる符丁だった。僕らにとっての連帯の証だ。

僕は後ろの五番にわざと聞こえるように、少し大きい声で一番に教えてやった。

「一番は素直すぎるのがいけない。人の言うことを信じすぎなんだよ。五番は口から出まかせばかり言うからな。まったく、あいつが記録係をしてるなんてさ！　軍の記録が大ぼら吹きのタブロイド紙になっちゃうぞ」

すると一番は少し困ったような、悲しいような顔で眉尻を下げた。

「記録については隊長が検閲（けんえつ）しているから大丈夫だよ」

「そういう問題じゃない。あいつ便所で幽霊を見たって脅かすし、この間なんて、双眼鏡で後方を見たら気象観測部隊が高射砲塔から手を振ってたって」

「本当？」

「僕は嘘をつかないよ！　だいたい、気象観測部隊が高射砲塔にいるはずがないのに。連中は市街地へ戻れって命令があったろ」

「そうだね」

てっきり笑ってくれると思ったのに、一番はふと暗い顔になって、匙で麦粥をくるくる掻き回しながらぽつんと呟いた。

「……僕らはいつ街へ行けるんだろう」

「配置替え希望ってことか？」

「違う、この分隊を離れたいわけじゃないよ。ただ、家族に会ったり、街を回って買い物をしたりしたいんだ。もう一年以上休暇がないから」

一番の言うとおり、この見張り塔で過ごしはじめてから、僕らには休暇がなく、それどころか一歩だけでも外へ出て、歩き回ることすらしていない。しかし元々休暇は少ないし、今は敵が森まで迫っているのだ。

「仕方がないさ。見張り塔から離れるなんて、そんな余裕はないんだから。他の分隊だってそうだよ。自分の持ち場で手一杯なのさ」

僕がそう言うと、一番は顔を上げてこちらをじっと見つめた。その灰色の瞳には不安が揺らいでいた。僕は慌てる。個人の心の弱さは連帯の鎖（くさり）を蝕（むしば）むからだ。万が一勘づかれて上官に報告されたら、一番は罰を受けることになる。

「気をしっかり持てよ、一番。大丈夫だって、戦争が終わるまであとちょっとなんだから。森に向かった討伐隊は精鋭ばかりだって、大佐もおっしゃってたじゃないか。僕らは勝ち続けてるんだ。でなかったら、ひとりふたりの敵兵が逃げてきたりなんかしないよ。敵側に敗残兵が出てるってことは、僕らが勝利しつつある証拠なんだよ！」

万が一僕らが劣勢ならば、敵が逃げる必要はどこにあるだろうか？　確かに通信が途絶えた今、戦況は不明だ――森は深く、双眼鏡を覗いたところでみっしりと茂る葉が見えるだけ、その下で起きている戦闘の様子は窺えない。しかし敵が攻めてこず、それどころか敵から敗残兵が出ている、そのことが何よりも戦況説明になっていた。

一番はまだ不安そうではあったけれど、僕の励ましも少しくらい効果はあるだろう。

食事と片付けを終え、中階の兵舎に引き揚げた後、隊長から新しい命令が伝えられた。

「本日マルロクマルマル時をもって、夜班は見張り塔の任を解かれることになった」

たちまちざわつく仲間たちに向かって、隊長の従卒が「静粛（せいしゅく）に！　静粛に！」と叫び、手を打ち鳴らす。だけどそうは言ったたって、声が出てしまわない方がおかしい。夜は見張らなくていいということだろうか。

「隊長、あの。夜班の代わりはどこの隊が来るんですか？」

後ろから誰か——この声はたぶん十一番だ——が問いかけると、隊長は顔色ひとつ変えずにはっきりと言った。

「補充はない。よって、これより昼班をふたつに分割する。一番から六番までが夜班、七番から十二番までが昼班となる。わかったな？」

みんな戸惑っていた。人員が不足するし、これまで七番たちがやっていた装備の補充作業や炊事班の手伝いは、どうなるのだろう？ そもそも夜班はどこへ異動になるんだ？ まさか高射砲塔だろうか。あそこにはすでに三百人以上いるはずなのに、それでも人が足りないのだろうか。

だけど「はい！」と返事するべきだし、命令は守るものだ。僕らは胸を張って「はい、隊長！」と声を揃え、新しい配置に慣れるよう努力した。

なぜ一番から六番が夜班に指名されたのか、それは夜に見張り台に立ってみると、よくわかった。夜の帳が下りた後の世界は青いインクですべてを塗りつぶしたみたいに暗く、見張り台に立つ仲間すらよく見えない。必死に目を凝らしてやっと誰がいるのかがわかるくらいだ。光源は空に浮かぶ月と、ヒトハチマルマル時から稼働をはじめる高射砲塔からの探照灯の青い光しかない。この状況で敵を射殺するのは至難の業だ。だから、より腕のいい一番から六番までが起用されたんだろう。気象台には視力のいい四番が立ち、双眼鏡で探照灯の明かりを頼りに監視する。五番は相変わらずの記録係だ。残りの四名で円形の見張り台を四分割して、持ち場に立った。誰もランタンを持たずに配置についたけれど、中央の隊長の居場所だけは、ぽつんと灯(とも)った煙草の赤い火が目印になった。

急に昼夜が逆転したせいか、仲間たちはあくびをかみ殺して睡魔と闘っている。僕はというと、緊張のせいかさほど眠くない。夜風が体に心地好く、むしろ昼よりも好ましいくらいだ。

任務自体は、順調とは言えなかった。探照灯はゆっくり動きながら全方位を照らすので、人影が見えてもあっという間に光の輪から外れてしまう。それでもなんとか、全体で一時間にひとりの頻度で敵をやっつけていった。

やがて東の空の裾が白みはじめ、夜明け前の強い風が吹きつけてきた。もうすぐ交代の時間だ。朝日が昇り、一日がはじまる――いや、僕らにとっては長い一日が終わる時間だ。しかし昼班、七番以降のやつらは寝坊したのかまだ姿を見せない。

まさかこのまま延長だろうか、もう眠くて限界なのにと思ったその時、隊長が片手を挙げて合図した。

「ご苦労だった。昼班は間もなく来る。貴様らは明晩に備えて英気を養え」

「ありがとうございました！　全体、気をつけ！　連帯を胸に、祖国を勝利へ！」

「連帯を胸に、祖国を勝利へ！」

　従卒の号令を合図に任務が終わり、みんな小走りにドアへと向かう。一番も、三番も、五番も。僕もすぐ駆け出して追いかけたかったが、冷えたのか、ふくらはぎが攣ってしまった。コンクリートの床にしゃがんでもみほぐし、足首を上下させていたその時、ふいにすぐ隣で空気が揺れた。

「清々しくていい朝だ。よかったな」

　逆光で顔がよくわからないが、丸く赤い火がすぐ目の前で燃えている。いつも傍らにいる従卒も記録係も姿が見えなかった。つまりおひとりで隊長自らが僕に話しかけておられるのかとまじまじ見つめていると、視線がかち合った。

「二番」

　僕は小さく飛び上がった。

「は、はい、隊長」

「ライフルを構えろ」

「はっ？」

「聞こえたろう。ライフルを構えるんだ。そこに敵がいる」

　僕は大慌てでライフルを構え直し、スコープを覗いた。確かに、いた。

東から昇ってきた朝日に照らされ、陰影が刻まれた森と赤茶けた荒野との間に、人影があった。他の敵兵のように走ってはおらず、こちらに背を向けてゆっくりと歩きながら、境界線に張られた鉄条網を越え、森へ向かおうとしている。軍服は着ていない。袖なしの白い肌着に、カーキ色のズボンを穿いている。顔は見えない。

眠気はすでに吹き飛んでいた。僕は脇を締め、息を殺して集中し、命じられたとおりに引き金を引いた。男はびくりと体を痙攣（けいれん）させて足を止めた。白い肌着の背中に赤いしみがじわじわと広がっていく。男が完全に倒れる前に僕は顔を上げ、スコープから目を逸らした。足もとに落ちた薬莢（やっきょう）を踏んで、じゃりっと音がした。

「見事な腕前だ」

思いがけず隊長に褒められ、頬がかっと熱くなる。

「ありがとうございます」

「だが、今度からは頭を狙え。背中では致命傷にならず生き延びることもあろう。一発で殺し、決してし損じるな」

「……はい、申し訳ありません」

膨らみかけた気持ちが少ししぼむと、隊長が分厚くたくましい手を僕の肩に置いた。

「二番、貴様は訓練生の頃から特に真面目だったと記憶している。今も祖国に忠実な連帯の闘士だ。射撃の腕こそ二番の名に甘んじているが、兵士としては一番だろう。そこで貴様に新しい任務を授ける。俺の指示を受ける覚悟はあるか？」

頷かないはずがない。僕は有頂天で「はい！」と答えた。きびすを返して立ち去る隊長の後ろ姿を、弧を描いて落ちていく煙草の小さな火を、うっとりと眺めた。

それからだ、僕が分隊の仲間と少し違う行動を取るようになったのは。

僕は夜班から外され、七番と交代で昼班になった。しかし他の班員とは少し違う。起床は僕だけ一時間早まり、毎朝、夜明け前にひとりで梯子を登ると、夜班はちょうど撤収するところだ。そして僕は夜班と昼班が交代する早朝の一時間を、隊長と過ごすことになった。最初の日、昼班の到着が遅かったのは、昼班の連中が寝坊したわけではなく、一時間の空白が生じる時間割だったのだ。

夜班が撤収した後のがらんとした見張り台で、僕は隊長がくゆらす紫煙の香りをかぎながら、「撃て」と命じられるのを待つ。指令が下ると、僕は逃げ去る人影の頭を狙い、決して外さなかった。一時間のうちに現れる二、三人の肌着姿の敵を確実に殺すと、隊長は満足げに頷いて僕を褒めてくれ、記録係には隊長が代わりに報告すると請け負ってくれた。そのうち僕はメダルをもらえるだろう。

だけど悪い面もあった。仲間たちとしゃべる時間がなくなってしまったのだ。みんなよりも早く起きるため朝の身支度はひとり、昼班と共に持ち場についている間の私語は厳禁だし、昼班と夜班が交代する間も話す暇はなく、食事の時間もずれてしまう。僕は将校たちが食事をする時間に、食堂の隅っこに縮こまり、ひとりで黙々と餌を喉に流し込まなければならなかった。くたびれて兵舎に戻る頃には、もうみんな寝静まっている。

親しかった一番ともしゃべっていない。夜明け、梯子を下りてくる夜班とすれ違う時に、ちらりと目と目を合わせるくらいだ。心なしか以前よりやつれているように見え、僕は不安になる。一番は射撃の腕はピカイチだけど、隊長が言うように、兵士としては強くない。もし誰かが上官に告げ口して、「個人の不安を持ち込み、連帯の輪を乱した罪」で処罰されることになったら、助けてやることはできないのに。

そんな日々を過ごしてしばらく経ったある日のことだ。何か任務でもあるのか、隊長の従卒の姿を見かけなくなった頃だ。いつも「連帯だぞ諸君」と声を張っていた大佐付の下士官が、僕が目の前を横切っても、何も言わなくなっていた。振り返って様子をよく見ると、下士官は濁った瞳で呆然と宙を眺め、ひどく色の悪い頬に涙の筋を光らせており、僕は急いでその場から逃げた。

同じ頃、昼班では荒野を走って逃げる敵兵が、六時間にひとりほどに減っていた。夜班でも似た現象が起きていると知ったのは、食堂で防衛地区長である大佐が紙束を振り回しながら、ふたりの将校を相手に、話すのを聞いたからだ。隅の暗がりで麦粥を飲み込んでいた僕の存在には、気づかなかったか、無視したのだと思う。

「一日の狙撃数が減っているではないか！」

「敵兵が減っておりまして、大佐。昼夜どちらも」

「すなわち、終戦間近ということか？」

僕は心の中で快哉を叫んだ——やった、これで故郷に帰れるぞ！　と。少なくとも、あの妙な任務はやめられるだろう。そうなればまた一番や他の仲間たちとおしゃべりができる。食堂でひとりきりで食事をするのも終わりになるはずだ。

しかし、なぜかそうはならなかった。僕は相変わらず特別任務を続けさせられ、隊長とふたりきりで狙撃をする。僕の目には、狙撃対象は減っているどころか、増えているようにさえ思えるくらいだ。

「そこにいるのが見えるだろう。撃て、二番」

隊長の言葉、視野を拡大するスコープ、走って逃げるわけでもなくふらふらと森へ向かう人影。軍服を着ていない民間人がここにいるのは罪深い叛逆者だからだ、と僕は自分に言い聞かせる。引き金を引いて後頭部に一発、はじけ飛ぶ薬莢。一日中銃を手にしているせいで僕の手はすっかり鉄くさくなり、洗っても落ちない。

この日の朝、僕はなぜか胸騒ぎを感じ、いつものようにスコープからすぐに目を離さなかった。隊長の様子がいつもと違ったせいかもしれない。

丸く拡大されたそこには、僕が射殺したばかりの男の遺体が転がっている。弾が少しずれて首を撃ってしまったせいか、うつぶせではなく、仰向けで首を押さえながら死んでいた。その顔はよく知っている顔だった。隊長の従卒だ。最近姿を見ないと思っていたけど――気づいた瞬間、体中から血の気が失せ、膝ががくがくと震えた。

「……隊長！　じ、自分はとんでもないことをしてしまいました！」

敵だと思って撃ったのに、本当は味方だった。それも直属の上官の従卒だ。僕は間違いなく投獄されてしまう。恐怖のあまりうまく息が吸い込めず、僕は胸元を叩きながら懸命に酸素を探した。

しかし双眼鏡で様子を確認した隊長は冷静だった。

「二番、明日も頼むぞ」

そう言って僕を置き去りにし、さっさと行ってしまった。梯子を下りていく靴音がやけに耳に響く。

悪い夢でも見たのではないか。あるいは、夜明けのまだ弱い日光のせいで、従卒と勘違いしたのではないか。昼班の任務を終えた後、僕は一縷（いちる）の望みを抱いて見張り塔の中を歩き、従卒を捜し回った。二階の兵站（へいたん）事務室、三階の食堂、四階の兵舎、五階の弾薬庫。しかし従卒の姿はなく、一階の食糧庫や搬入用の手動の昇降機室も覗いたけれど、誰もいなかった。

僕は兵舎に戻り、みんなが寝静まった中で、薄い毛布にくるまってがたがた体を震わせた。見張り塔の地下には監獄がある。不安に駆られたり、規則を破ったりした者が閉じ込められる悪夢の場所だ。明日になったら、きっと僕はあの檻の中へ入れられてしまう。

　けれども翌朝、夜班のみんなが無言で帰っていくのを見送り、いつもより重く感じるライフルを担いで梯子を登って見張り台に立った先、薄紫色の空を背にひとり立つ隊長は、穏やかに煙草を吸っていた。煙が空に溶け、細くたなびく雲と重なり合う。

「五分遅刻だ。早く配置につけ」

　心臓が早鐘を打つのを感じながら僕は床に伏せ、ライフルを構えた。じっとりと汗が染み出して、手がかたかたと震える。位置について数分も経たないうちに、スコープが拡大する荒野を人影がよぎった。

「敵だ。撃て」

　命令は聞こえている。スコープでこちらに背を向ける敵を追う。しかし指が動かない。右手の人差し指を引き金にかけたまま、硬直してしまった。

「二番！」

「わ、わかっております！」

　隊長が敵と呼んだ男は、軍服を着ていなかった。私服だった。たまに空を飛んでいく小鳥のように白い服の裾を翻し、森へ向かおうとしている。昨日の従卒と同じだ。

「隊長……あれは、自分には敵に思えません」

「今更何を言う。今までもこの特別任務の間に、裏切り者の民間人を射殺してきたではないか。裏切り者は敵だ」

「しかしあの男は、逃亡途中には思えません。悠然と歩いています。まるで散歩でもしているかのような」

「この周辺は民間人の立ち入り禁止区域だ。いかなる理由があろうと極刑に値すると知っているだろう。撃て、二番。早くしなければやつは森に入ってしまう。敵と合流させるつもりか」

僕は躊躇（ためら）った。だけど撃たないわけにはいかなかった。風に靡（なび）く国旗が、僕を責めるかのようにばたばたと強い音を立てた。僕は犬のように口を開けて息をしながら照準を合わせ、狙撃した。動揺は銃身に伝わり、弾は目標の頭から逸れ、また背中を撃ってしまった。

背に血の赤い花を咲かせた男は両手を挙げ、こちらを振り返り、跪（ひざまず）いた。その顔には見覚えがあった。廊下で「連帯」と言っていた下士官だ。先日は僕が目の前を通り過ぎても呆然としたまま棒立ちして涙を光らせていた下士官だ。背中を赤く染めた下士官はこちらを見上げた格好のまま数秒静止し、それから倒木のようにどうっと地面に伏して、動かなくなった。

風が強かった。夜を切り裂く太陽と共に風が地平線から湧き立ち、横から吹き寄せてきて、僕の略帽を飛ばした。略帽はあっという間もなく、僕の手をすり抜けて落ちていき、見えなくなった。

内緒話ができる場所は兵舎しかない。僕は昼班の任務の最中に隊長代理に腹痛を訴えて、便所へ行くふりをして四階へ下りた。油っぽい鋼鉄の廊下に、夜班のみんなのいびきが響き、夜の任務の疲労が伝わってきた。人手が少ないためか見張りはいない。あの下士官も僕が殺してしまったのだから、当然だった。

「一番、起きて」

暗く、汗臭い兵舎を小走りに回ってベッドを探り、静かに寝息を立てている一番を揺り起こす。眠りが浅かったのか、一番はすぐにぱちりと瞼を開けた。

「……二番。驚かさないでくれよ」

「ごめん。でも頼む、聞いてほしいことがあるんだ」

僕は一番の手を引いて便所へ行き、声を潜めてこれまでのことを打ち明けた。隊長から昼班と夜班の交代の間、ひとりきりの狙撃を任されたこと、はじめは順調だったが、どうやら僕は隊長の従卒と、大佐付下士官のふたりを殺してしまったらしいこと。一番ははじめこそ目をこすり、あくびをしていたが、ふたりを狙撃したくだりになると、まじまじと僕を見つめて話を聞いてくれた。

「まさか誤射してしまったのかい」

「それが……はじめは僕もそう考えた。でもたぶん違うんだ。隊長は僕が誰を撃ってしまったのかご存じのようだった」

「つまり、相手が誰か知っていて君に撃たせたっていうこと？」

僕は頷いた。だって他にどう解釈できる？　隊長は従卒と下士官だと知っていて「敵だ」と僕に言ったのだ。

「処刑かな。ひょっとしてあのふたり、民間人に化けて逃げ出そうとしたんじゃ？」

僕は最も正しいと思える答えを口にした。きっと従卒も下士官も、不安に駆られたに違いない。戦争が嫌になってここから逃げ出そうとしたのだ。それに隊長は気づいて、僕を使って処刑することにした。

しかし一番は険しい顔で首を横に振った。

「実は、二年前から軍人の処刑は一切禁じられてるんだ。ひどい人員不足で補充兵が確保できないから、各防衛地区の将校は何があろうと味方の兵士を処刑してはいけなくなったんだよ。檻に入れるために軍法会議は開かれるけど、極刑の判決を下すことはできない」

「まさか……知らなかった」

軍規には色々と細かく定められていて、兵士の自殺が禁じられているのは前から知っていた。連帯を乱すし、貴重な資源の損失を自ら招くのは重大な犯罪になるからで、兵役につく時に誓わせられる。しかし処刑も禁止になっていたなんて。

「じゃあ兵士はやりたい放題じゃないか」

「だから末端の兵士には知らされてないんだ。下士官以上の階級にしか伝えられてない。僕らが調子に乗って羽目を外すとまずいから」

一番はこの話を、街の守備部隊に所属する姉からの手紙で知ったのだという。軍人に危害を加えることは民間人はもとより政治家も禁じられ、軍は〝聖域〟になったと、一番の姉は伝えてきたそうだ。

「検閲に備えて、僕らふたりだけにわかる暗号で書いてあった。だから上も僕が知っているとは気づいてないはずだよ。姉は今どうしているか……しばらくは手紙のやりとりを続けたけど、一年前の空襲があってからは、何の音沙汰もない」

一年前――僕らが高射砲中隊の監視分隊としてこの防衛地区に配属された直後、敵機からの大規模な爆撃が街を襲った。あの巨大な火の玉、街の中心部で白く光り、破裂した様は今も脳裏に焼き付いているが、思い出さないようにしている。街には食糧や水、医薬品を備えた立派で頑丈な掩蔽壕がいくつもあったし、みんな無事に逃げ延びたはずだ。

「きっと郵便がまだ復旧していないだけだよ。大丈夫さ」

僕は一番の肩に手をやり、心からの言葉で励ました。街がやられるわけがない。地方とはいえ、祖国の中でも有数な都市なのだから。信じる信じないではなく、これは紛う方なき事実だ。僕は、一番の目の下にはひどいくまがあることに、この時になってやっと気づいた。昼班だった頃に比べて驚くほど頬がこけ、病人のようにげっそりとやつれている。夜間の任務はそれほどきついということなのだろう。

「大丈夫か？」

「ああ、励ましてくれてありがとう、二番。話を戻そう。僕らの祖国は、残った兵を薄く薄く引き延ばすようにして戦争を続けてる。以前の夜班がいなくなって、僕らの分隊だけでここを守らなくちゃならないのも、きっとそのせいだろう。それほど人員が足りないんだ。だから、もし隊長が軍人として従卒と下士官を処刑したのなら、重大な軍規違反になる。もはや殺人だよ」

「殺人……」

その凶悪な言葉が、鋭い棘のように胸に突き刺さった。

「隊長は従卒と下士官を殺したかったのかな」

「わからない。少なくとも夜班の任務の最中に、揉めたところは見たことがないね。だけど僕らには見えないところで、三人は何かで争っていたのかもしれないし」

この一番との会話をきっかけに、僕の覚悟は揺らぐこととなった。

僕らは敵を殺すけれど、戦争だからであって殺人ではない。殺人は連帯とは違う。むしろ輪を乱すものだ。だから軍規には殺人の禁止も明記されている〝何人も個人的怨恨により同志を殺してはならない。これに違反した者は厳罰に処する〟と。ただし、すでに軍人の厳罰は死刑ではなくなったらしいので、もし僕が密告して隊長が軍法会議にかけられたとしても、地下の監房に入れられるだけで終わるだろう。

それにしても殺人だなんて。隊長が誰と揉めていようとどんな動機だろうと、僕は自分の知っている人を殺すだなんて、もう絶対にやりたくない。

次の早朝の特別任務の際、僕は勇気を振り絞って隊長に申し出た。

「恐れながら申し上げます。自分が射撃するのは、今後は敵兵だけにして頂けますか」

返答があるまでの間はせいぜい五秒程度だったが、僕にとっては恐ろしく長い五秒だった。

「わかった。隊長は僕がいずれそう言い出すのを予期していたのか、眉ひとつ動かさなかった。

「わかった。では貴様を昼班任務のみに戻す。この特別任務のことは忘れろ」

「夜班がいいです。夜班の配属にして下さい」

深い理由はない、ただ一番と一緒にいたいだけの個人的な要望だ。これまでだったら訴えるなど思いも寄らなかった配置替えの希望を、声は震えつつもなんとか口から出せたのは、例の兵士は処刑されないという法を聞いたせいだ。それでも不安でいっぱいで、猛獣と一緒に檻に入れられたような心地でぎゅっと目をつぶると、隊長はあっさり「了解した」と言った。目を開けると隊長は僕のことなど顧みもせず、煙草を下に弾き落として、さっさと立ち去ってしまわれた。

しかし僕がいなくなっても、特別任務は続けられたらしい。夜班に戻り、再び一番の隣で狙撃位置についた僕は、そういえば僕が班を抜けた時に七番が代わりに入ったのだった、と思い出した。しかし七番は元いた昼班に戻らず、夜の闇の中、僕の隣でライフルのスコープを覗いている。そこは三番の持ち場のはずなのに。夜明け、任務を終えて梯子を下りた時、ドアの前で三番が寝ぼけ眼(まなこ)で立っていて、彼が僕の早朝の特別任務の後を引き継いだことがわかった。

夜班から抜けたのは三番だけではなかった。ノートと鉛筆を手に記録をとっているはずの、おなじみの五番の姿も見えない。七番が夜班に残っているのはその穴埋めなのだろうか。

三番には会えるし、話をしようと思えば、交代する時に挨拶程度はできた。しかし五番はどこを捜してもいなかった。

それもそのはずだった。五番がいたのは地下の監房だったからだ。

見張り塔の人員不足はますます加速していて、炊事班や衛生班もどこかへ異動していなくなり、調理当番は僕らの分隊が請け負うことになった。すでに見張りの任務もあってないに等しかった——夜班でも昼班でも、森から飛び出してくる敵兵を見かけることはなくなって、ライフルの銃弾を一発も撃たず、見張り台で時間を無為に過ごし、任務を終える日々が続く。そのおかげで、僕らは交代で作業を分担できたのだけれど。

見張り塔内は、風の吹かない凪の海のように静かで、ぼんやりしていた。下士官は姿を消し、残ったのは防衛地区長である大佐とふたりの将校、そして隊長と僕らの分隊十二名だけだった。大佐とふたりの将校は毎日、どの時間帯でも食堂にいて、酒をあおり、缶詰を食べ、このままでは備蓄を食い尽くしかねなかった。

食糧を食い尽くされるのは避けたかった。支給品の輸送はとうに途絶えているし、あるもので切り盛りするほかない。これまで一階食糧庫の備蓄で持ちこたえられてきたのは、塔にいる人数が少なかったおかげだ。だけどそれも日に日に少なくなり、箱が減って床が見えはじめていた。

僕ら一般兵は、敵がいようがいまいがあくせくと働いた。起こしに来る下士官なしでも時間どおりに起き、自分たちで用意した食事をとり、ライフルを担いで見張り台に立ち、あるいは装備を磨いたり塔内を掃除したり、壊れたところを修繕したりした。任務を終えたら眠り、また翌日を迎える。時々、見張り台から高射砲塔の様子を窺う。しかし相変わらず静かで、すでに無人の廃墟なのではないかという疑いが頭をよぎってしまう。

洗い物で汚れた水を手動昇降機で一階へ下ろし、自分は階段を下りて、昇降機の箱から盥を運び、太陽が照りつける外へ出て水を捨てる。日に焼けた地面はぐんぐん水を吸い、黒っぽいしみはたちまち乾いていく。盥を振って水滴を落とし、塔に戻ろうと階段に足をかけたところで、石でできた見張り塔と土の境目に、働き蟻の行列を見つけた。小さく黒々とした蟻たちは昆虫のちぎれた翅を巣穴に運ぶ最中だったが、一匹、誰かに踏まれたのか体をひくつかせ仰向けになった蟻がいた。その蟻を他の蟻が触角を動かし、えっちらおっちらと支えようとする。〝連帯〟だ。僕らと同じく、働き蟻も懸命に――

「誰か、誰か来てくれ！」

突然すぐそばで仲間が叫び声を上げ、僕は勢いよく立ち上がった。一瞬、敵の襲来かと思ったが、そうではなかった。急いで塔に戻ると、地下の階段から上ってきた十番が、泣きそうな顔で僕の腕を掴んだ。彼の軍服のズボンは、缶詰の汁や欠片で汚れている。

「一緒に下へ下りてくれ。五番が大変なんだ」

地下監房への進入は、一般兵には固く禁じられていた。人がいなくなった今も監房内の世話は隊長がひとりでこなしていたが、十番は隊長が眠る頃を見計らって、下へ下りたのだという。十番は五番と最も親しかった。看守はもうひとりもおらず無警戒状態の監房は、ひどい悪臭がした。

五番はそこにいた。檻に囲まれ、横になって眠ることができるかどうかも怪しい、非常に狭い房が数十個並んだうちのひとつに、五番が座っていた。しかし僕が地下に下りて最初にぎょっとしたのは、やつれて虚空を眺めている五番の姿より、檻という檻の扉がすべて開き、そのどれもが空っぽだったことだった。

「いったい……何なんだ、ここは」

「おい二番、ぼうっとしてないで五番を診てくれよ！」

僕にはろくな衛生の知識はなかったけれど、十番から鍵を受け取って中に入り、頼まれるまま五番の体を確かめた。しかし怪我もなければ熱もない。それなのに明らかに様子がおかしかった。五番は両目こそ開けているものの、僕らが何を言っても反応がなく、五番の体だけが残った脱け殻のようだった。

僕は泣きじゃくる十番の体を支えながら地下監房を出て、みんなのもとへ向かった。食堂には大佐たちがいるし、兵舎のある四階では隊長が眠っている。だから見張り台へ行くしかなかった。五階の弾薬庫と見張り台、合わせて五名の仲間たちと合流し、十番の話を聞くことになった。その中には一番もいた。

「五番は……コンデンサを手に入れたんだ。僕はやつと仲が良かったから、色々教えてもらってた」

「コンデンサと五番が監房に入れられたことに関係があるのか？」

僕はいつだったか、食堂で五番が「コンデンサを手に入れたい」と十番に打ち明けていたのを思い出した。みんなに取り囲まれた十番は、袖口で鼻水を拭いながら頷いた。

「コンデンサが必要だった。五番はラジオを修理しようとしたから」

「ラジオだって?」

　みんな一斉に声を上げ、息を呑んだ。通信が途絶えてもう長い時間が経つ。見張り塔にもラジオはあって、以前は祖国からの放送を聞けたそうだが、僕らが配属された頃にはもう壊れてしまっていた。それに防衛地区長である大佐が「ラジオは悪だ」とおっしゃったこともある。通信は敵に妨害され、偽情報を流しているので、聞くだけで連帯の輪を乱す罪なのだと。

「まさか五番はラジオを作ったせいで監房に?」

「そうなんだ。五番は壊れたラジオを元に戻そうとしたんだ。結局難しくて、形はかなり大きくなっちゃったけど」

「ということはつまり、ラジオは修理できたの?」

　一番の問いかけに十番は小さく頷いた。ますます驚きだった。

「古いやり方でコンデンサを手作りした。僕らは一緒にラジオを聞いた。だけど……何かが変だった。五番はそのせいでおかしくなってしまったんだ」

「変って、敵の妨害放送か?」

「違う。何も聞こえてこないんだ。どの局に合わせても、誰もしゃべってない」十番はひび割れた唇を舌で舐めた。「無音だよ。雑音が聞こえてくるだけで、ただ静かなんだ」

「なんだ、そんなのラジオがおかしいんだろ。手作り部品のせいで失敗したんだ」

するとと十番は鼻水と涙で汚れた顔を上げ、僕をじっと見つめた。その瞳には檻の中の五番と同じぽっかりとした虚無が浮かんでいた。

「まさか。五番はこれまでに何度もラジオを作ってきた。電気技師の親父さんと一緒に。ラジオの構造も何もかもわかっていた。今回だって、完璧に直したんだから」

「嘘だ、五番はほら吹きなんだから。きっと担がれたんだよ」

「五番はほら吹きじゃない。二番、君が相手だったから適当に誤魔化してきただけだよ」

「……どういう意味だよ」

「言葉どおりの意味さ！　君は仲間よりも軍の方が大切で、頑固だったから……そんなやつに自分の話なんか打ち明けるもんか。今だって僕の話を信じてないだろ。だから君はみんなから信用されないんだよ！」

かっとなった僕は、後先考えずに十番に飛びかかり、殴り合いになった。僕が拳で十番の左頰を殴れば十番は僕の顔を引っ掻き、襟を掴み合って倒れる。痛かったけれど、涙が出たのは情けなさのせいだ。十番にはむかついたし、五番を恨んだし、みんなのことが憎かった。だけど最悪なのは、仲間から信用されなかった自分自身だった。

その時、銃声が轟いた。まさか敵かとみんな泡を食ったけれど、その正体は隊長だった。傍らに三番を従えている。僕の代わりに特別任務をこなしている三番を。

「十番、こちらに来い」

隊長は空に向けていた拳銃をゆっくりと下ろしながら、十番を呼んだ。十番は僕の襟から手を離すと、ほんの一瞬だけこちらを振り返り、隊長のもとへ向かった。隊長は三番と十番を連れて、僕らには何も告げず、ドアの向こうへ姿を消した。

背中にみんなの視線を感じる。旗竿の国旗がばたばたとはためく音がいやに響く。僕は誰かが口を開いてしまう前に足を踏み出し、大股で見張り台を横切り、ドアを閉めた。何か言われるのが怖かった。

僕は食糧庫に籠もって、誰かが置きっぱなしにした銃の掃除をし続けた。誰にも会いたくなかったけれど、誰ひとり呼びに来ないと、それはそれで少しがっかりした。時間が経てば腹は減るし、任務があるし、閉鎖された見張り塔の中では必ずどこかで顔を合わせる。それでも意地を張って、みんなが食事を終えた頃合いに食堂へ向かった。

食堂はがらんとして、誰もいない。テーブルには、汚れた皿ひとつなく、いつも酒をあおっていた大佐の姿すら消えていた。きっとみんな部屋に戻ったのだろう。大佐もようやくベッドで眠ることにしたに違いない。ひと気のない食堂を突っ切り、缶詰を取りに厨房（ちゅうぼう）を覗き込んでみたけれど、調理当番も不在だった。厨房の隅に積み上がった箱はほとんど空だ。空き箱をひっくり返しながらようやく一番下の箱に残った缶詰を掴み、ナイフを刺して蓋を開ける。力みすぎたせいかナイフが滑り、うっかり左の親指に傷をつけてしまったので、水道をひねった。しかし蛇口から水が出てこない。洗い場には皿もなく、誰かが食事をとった痕跡もなかった。

みんな、どこへ行ったんだ。

僕は缶詰を置いて食堂を飛び出し、仲間を捜し回った。しかしどこも無人で、物音ひとつしない。兵舎のベッドはもぬけの殻、便所の中も空っぽだ。二階の兵站事務室は散乱した書類で溢（あふ）れ、ドアを開けた時の風圧で何枚かが飛び、誰もいない部屋でひらひらと舞った。

「どこだよ、みんな！　僕をからかいやがって！　仲間はずれはそんなに楽しいかよ！」

一階まで下り、ほとんどの備蓄がなくなってひっそりとした食糧庫を前にした僕は、込み上げてくる涙を堪えきれなかった。連帯の心はどこへ行ったんだ？　いや、そんな軍の標語ばかり言い続けたから、僕は嫌われたのか。壁に背中をもたせかけ、そのままずるずると尻を床につき、しばらく泣き続けた。

その時、誰かが僕の腕を摑んだ。一番だった。

「……二番」

目の前に現れた穏やかな顔、聡明で優しげな、でも今はとても悲しそうなその顔に、僕はますます泣いてしまった。

「どこへ行ってたんだよ！　捜したんだぞ！」

「ごめん。君が消えてしまった後、色々あったんだ」

一番はろくに説明してくれないまま、僕の腕を支えて立ち上がらせ「こっちだよ」と引っ張っていった。向かう先は、ぽっかりと口を開く見張り塔の出入口だった。どこかで獣か鳥のような声がするけれど、分厚いコンクリート壁に囲まれているせいでくぐもり、よく聞こえない。

すでに日は暮れ、月明かりが夜の世界を青く照らしている。今みたいに秩序が乱れてしまう前は、夜に兵士だけで外に出るなんて考えられないことだった。でも、もう僕らはそれができてしまう。

見張り塔を一歩出ると、物音がはっきりと聞こえるようになった。上で誰かが叫んでいる。獣か鳥かと思ったけれど、正体は人間だった。

「走れ！　早く走らんか！　それ刺せ、やれ撃て、戦争だ、戦争だ！」

金切り声の主は大佐だった。そして、だだっ広い荒野、青い闇に沈んだ荒野を、ふたりの男が追いかけっこをしていた。軍服の形はほとんど同じで判別がつかなかったけれど、襟の色がどうやら違うのがわかった。赤と青、敵と味方だ。どちらが追いかけてどちらが逃げているのかわからない。ふたりの顔には見覚えがある。大佐といつも共にいた将校たちだった。

「なんだあれ……鬼ごっこでもしてるのか？」

「二番には鬼ごっこに見えるのかい？　違うよ、よく考えて」

一番は静かな微笑みを浮かべながら、痩せてとがった顎をくいっと上げた。

「どうして我が軍の服と敵の服を別々に着てるんだと思う？　どうして大佐は戦争だと喚いているんだと思う？」

「もっと腕を振って、相手を刺せ！　へっぴり腰どもめ、そんなふぬけた様子じゃ戦争には見えんぞ！」

ふたりはここまで聞こえるほどぜいぜいと息を荒らげ、ナイフで互いを刺し合わずとも、今にも共倒れしてしまいそうだった。味方の軍服を着た将校が、敵の軍服を着た方に体当たりし、仰向けになったところを胸元を摑んで引き上げた。そして心臓めがけて片腕を振りかぶる――青白い月光にナイフが光る。

その時、鋭い銃声がした。敵軍の格好をしていた方の将校の両腕からだらりと力が抜け、頭ががっくりと落ちた。額に穿たれた穴から血が溢れ出す。凶器を敵兵に向かって振り下ろさんとしていた将校は、ぎくりと硬直し、ナイフを取り落とした。そして跪き、死んだばかりの将校の胸に上半身を投げ出し、体を小刻みに震わせた。

「勝利！　我が軍の勝利！」

有頂天な大佐の声が見張り台から降ってきた。

「……なんてことだ」

僕は怒りを感じた。味方の、それも上官に怒りを感じるなんてあってはならないことだ。しかしこんな理不尽は許されない、防衛地区長の地位を剝奪して、監房にぶち込んで二度と出すべきではない。しかし一番は、怒る僕を冷ややかな目で見つめた。

「まだ、わからないのかい？」

「どういう意味だよ？　はっきり言えよ！」

すると一番は静かに瞬きし、話しはじめた。乾いた風が一番の前髪をゆらゆらと揺らす。

「これは今にはじまったことじゃないんだ。僕らも今日になるまで知らなかった。さっき、五番が作ったラジオを見つけたんだよ。ベッドの下に隠してあった。誰も壊さなかったんだ。ラジオは完璧に直っていた。そして十番の言うとおり、どの局に合わせても、まったく無音だった。無線の周波すら拾えなかった」

目の前では、味方の軍服を着た方の将校が、顔を上げ、ぼんやりと空を眺めていた。そして笑った。誰に笑ったのか、見張り台でまだ興奮している大佐になのか、それとも違う誰かになのかはわからない。次の瞬間、もう一発銃声が響き、将校は笑顔のまま頭から血を噴いて倒れ、折り重なるようにして事切れた。喜びに満ちていた大佐の声が一転して怒りに変わり、誰かを罵りはじめた。一番はこの流れにすら驚いていなかった。

「二番、聞いて。戦争はもう終わっていたんだ。とっくに――おそらく、高射砲塔が静かになった頃に」

　僕は深く溜息をついた。気づいていないわけではなかった。ただ、認めたくなかったんだ。雲が流れて月の顔を隠し、あたりが一段と暗くなる。

「……なんとなくわかってたよ。補給は止まったし、空襲もない」

「そうだよ。そしてたぶん街に生き残りはいない。だからラジオは何の音も拾えないのさ」

　さすがにこたえたけれど、今更泣いても喚いても、死者は甦らない。

「でもそれとこの鬼ごっこに、何の関連があるんだ？」

「街は僕らを除いて全滅した。そして、敵は爆弾を落とすだけ落として、ここには来なかった。森の向こうにも敵はいない」

「まさか！　だって大佐は、精鋭の討伐隊が向かったって」

「いつ討伐隊の姿を見かけた？　そんなの、大佐の方便に決まってる。敵なんかいない。とにかく、今この防衛地区に敵はひとりもいないんだ」

　ぽかんと口を開けて、一番を見た。

「冗談言うなよ、だって何人も敵が荒野を走っていたじゃないか。だから見張り台が必要だった。お前もたくさん撃っただろ？」

まったく、一番も頭がおかしくなってしまったに違いない。僕は笑い飛ばそうとした。

でも一番の瞳は正気そのものだった。

「僕らが殺したのは敵じゃない。この鬼ごっこと同じさ。味方の兵士に敵の軍服を着せて、走らせたんだ」

「……何だって？」

「僕らは〝戦争〟を続けなくちゃならなかった。そのためには〝敵〟が必要だった。味方の兵士が〝戦果〟を上げて、記録に残れば、まだ戦争は続いていることになる。だから自分たちの兵――たとえば高射砲塔に配属されていたはずの僕らの原隊や、気象観測部隊たち。おそらく僕らと代わる前の夜班もそうだろう。彼らに敵の軍服、それもただ襟の色を赤く変えただけの代物を着せて、荒野を走らせた。ヘルメットがあるから顔は見えないし、特に夜班の顔は僕らもよく知らない。見張り塔から敵を狙撃して倒せば、こちらの勝利が記録される」

これまでの記憶が走馬灯のように甦った。抵抗することもなく走る敵。そうだ、やつらはただ撃たれるだけだった。僕らがあんなに簡単に敵を殺せたのは、狩人に狙われたうさぎみたいに狙いやすかったためだ。敵なのに、一度たりともこちらを攻撃したことがないのだ。

「つまり……つまり僕らは味方を殺し続けてきたってことか？　一年間も？」

「そうだよ」

「祖国が要求したから？　戦争を続けろって？」

「いや……これは僕の考えだけど、祖国ももう人がいないんだと思う。ラジオを合わせてみたけど、祖国の本放送もまったく流れていないんだ。たぶんこの国には、僕ら以外誰も残ってない。敵もなぜか侵略してこない。〝戦争〟を続けたきっかけは、祖国と連絡が取れた時のための、つじつま合わせだったんだと思う。戦闘してない部隊なんて無駄だから、補給を切られかねないと考えて、はじめたんだろう。でもだんだん、大佐も将校たちも、隊長や下士官たちも、わかってきたんだ。報告する相手はこの世におらず、自分たちだけが取り残されたことに」

信じられない、僕は頭を抱えた。信じられるものか。祖国がないだなんて。僕ら以外全滅しただって？　あり得ない。だけど確かに戦争がとうに終わっているのに、祖国から撤退の命令もないし、敵に降伏を促されることもないのは妙だった。

僕は二番だ。狙撃が二番目にうまいから、隊長から二番の称号を与えられた。そこではたと思い至り、顔を上げた。一番は、最も多くの敵、つまり仮装した味方を殺してきた一番は、今どんな思いでいるのだろう。

雲が去り、再び明るさを取り戻した月の光に、一番の横顔が青白く浮かび上がる。

「……僕は考えたんだ。大佐がいなかったら、僕らは見張り塔を捨てて、兵士であることを捨てて、逃げ出せただろうかって。だけどたぶん、できなかったと思う。だってどこへ行ける？　誰の命令を聞く？　僕らはきっと、戦争が終わったなんて受け入れられなかったよ。大佐と同じように」

「今からでも遅くないよ。逃げよう。他のみんなも連れてここを出て、新しい人生をはじめればいい。本当に祖国がなくなったかどうか確かめに行ってもいい」

　すると一番は心底おかしそうに笑った。

「二番。僕は君のそういうところが好きだよ」

　やっぱり、一番は春の野原のようだと思った。だけど春の夜風は驚くほど冷たいものだ。

「だけど、もう無理だ。僕はね、相手を敵だと信じて殺しているうちは気持ちよかったよ。爽快なくらいだった。だけど味方だったと知ったら……それで気づいたんだ。殺した相手が本当に敵だったとしたら、僕はほっと安堵してしまうってことに。それって最悪じゃないか。敵と味方の境界線はどこにある？　襟の色の違いかい？　人殺しは人殺しだ、誰が相手でも。みんなも同じ気持ちだよ。さっき確認したんだ」

　僕は会話に夢中で、靴音がすぐそばまで近づいていることに気づかなかった。暗い闇に落ち込んだ見張り塔の中に、赤い煙草の火が浮かぶ。

「時間だ、一番」

「じゃあね、二番。後は頼んだよ」

そう言って一番は僕の手をぎゅっと、驚くほど強く握ると、こちらが握り返す間もなく手を離して、見張り塔の中へ駆けて行ってしまった。

「一番！　どこへ行くんだ！」

だけど一番は二度と振り返らず、声も発してくれなかった。タールのようにどろりとした闇から、隊長の青白い顔がぬっと現れる。

「二番。貴様には特別任務がある。来い」

特別任務。つまりまた僕に見張り台に登らせ、敵兵の格好をさせた味方を殺させて、〝戦争〟を続けるつもりだ。もう他に人はいない。目標は分隊の仲間に決まっていた。

僕は以前一番から聞いたことを思い出して、隊長に詰め寄った。

「隊長、自分は特別任務の事実を知っています。しかしできません。兵員の処刑は軍規に反しています。戦争を続けるのであれば、軍規もまた守らねば――」

「黙れ。貴様は何もわかっていない。俺は戦争を続けるつもりはないぞ。一番は肝心なところを貴様に話さなかったようだな」

隊長は有無を言わさず僕の腕を鷲摑み（わしづか）にすると、階段を上らせた。

見張り台には大佐と、大の字に倒れた三番がいた。三番は目を半開きにし、血の海に横たわって死んでいた。大佐はひとり気象台の陰に隠れ、なにやらぶつぶつと呟いている。

「大佐は軍規違反だ。『味方を誤射した』と喚いて、三番を処刑しやがった。まあ、三番も勝手に将校を撃ったのだが。だから任務は再び貴様に任せる」

「ですが、特別任務はなりません！　軍規違反に……」

「軍規違反などではない。なぜなら対象は民間人だからだ。民間の脱走者、裏切り者は処刑される。そうだな？」

僕は射撃位置に連れてこられ、ライフルを構えることになった。いくら僕が察しの悪い愚か者でも、スコープを覗かずとも地上で何が起きているのかはわかった。

「目標確認、脱走者十名。射程距離二百。確認して復唱しろ、二番！」

「も……目標、確認しました」

涙で前が見えない。指が震える。陸に上がった魚のように喘ぎ、酸素を探す。スコープ越しに、森へ向かって静かに歩いて行く、十人の見覚えある後ろ姿が見えた。全員軍服を脱ぎ、肌着姿だった。五番も、十番も、一番もいる。

「二番。そんなに震えちまった指で、脳天を一発で狙えるつもりか。間違いなく殺せ」

体の震えが止まらない。股間のあたりが温かく、僕は尿を漏らしてしまったことを悟る。全身から水分を噴出させていると、ふと背中に、隊長の手のひらのぬくもりを感じた。

「怯えるな。貴様が怯えてし損じれば、やつらは苦しむことになる。苦しませたいのか」

「いいえ！」

「だったらしっかりと捉えろ。やつらを間違いなく死なせてやれ」

その瞬間、一番がふとこちらを向いて微笑んだ気がした。何の音も聞こえない。不思議なくらいにぴたりと震えが止まり、僕は引き金に指をかけた。

息を詰めて慎重に一発一発を撃ち、仲間たちが僕の手で死んでいくのを見守りながら、僕は隊長の特別任務がいったい何だったのか、ようやく気がついた思いだった。祖国の軍規では、軍人を傷つけることを禁じる以前から、兵士自らの死を禁じる法があり、入隊時に全員が自死しないことを誓った。

僕が早朝の特別任務で死なせた人たちは、全員、私服または軍服を脱いだ肌着姿だった。みんな森へ向かっていた。敵がいるはずの、本当は誰もいない森へ。人のいないあの時間、僕ひとりだけなら、口外の危険性も少ない。隊長は、禁じられた自死を志願する隊員の軍服を脱がせ、ここを歩かせたのだ。軍規のために。決まりのために。

連帯、何よりも連帯が肝心。あの蟻の列のように。怪我をした蟻は、巣穴に運ばれてどうなるのだろう。たぶん、治療はされないに違いない。

気がつくと見張り台には僕と大佐しかいなかった。薬莢を数えると十一発撃っていた。

東の空から太陽が昇り、新しい朝がやってきた。眩くて白い光がすべてを照らす。僕は立ち上がってズボンや上着についた汚れを払い、ライフルを背中に担いで、三番の両目を閉じてやり、相変わらず気象台の脇に隠れている大佐を見た。

僕は何も言わずに梯子を下り、階段の手前にある二重扉に鍵をかけた。軍規に従えば、三番を殺した大佐は監房送りになる。地下へ運ばなくても、ここが監房になるだろう。

それから食堂に下りて、誰もいない厨房を覗き、ナイフを刺したまま放置していた缶詰を開け、中のものをむさぼった。

何の音もしない。靴音も、笑い声も、唱和も、歌も。ただ、ただ、静かな見張り塔の中で、僕の咀嚼音だけが響いた。

ストーカーVS盗撮魔

あんたは人間観察が好きか？

電車の向かいに座ってる人を観察して、どんな人間かを想像する——実は好きなんです、照れ笑いするあんたの顔が浮かぶ。

くそったれ、俺が言ってる人間観察ってのはそんな甘っちょろいもんじゃない。スタバで近くの席に座ったピンクのニット帽をかぶった女がブラックコーヒーを飲んでるからどうだとか、ファストフードで油っこいフレンチフライを泣きながら食ってる中年男に何が起きたのかを想像するとか、どうでもいい。あんたの妄想を勝手に膨らませるのは結構だが、シャーロック・ホームズじゃあるまいし、見て一発で人となりを当てるなんざ不可能だ。ホームズはフィクション。それを忘れるな。

本当の人間観察を教えてやる。まずインターネットに繋げ。機器を持ってないなんて嘘をつくな。金欠ならフリーで使える図書館でもネカフェでも行ってどうにかしろ。

ネットはいわずもがな、個人情報が大洪水のごとく溢れてる。ブログ、SNS、社員の顔写真つき企業サイト。誰がどこで何の飯を食ってるか、今日は誰と会ったか、子どもの年齢、親の病歴、あらゆることがわかる。自ら白状してやがる。ははは、ウケる。当然、ガードの堅いやつは情報漏洩（ろうえい）に気をつける。うまそうな飯の写真をSNSにアップしても、誰と食べたか、どの店か、までは書かない。しかしどんな写真にも情報はたっぷり含まれてる。テーブルに木目はあるか。壁の色。写り込んだ影の具合。特徴的な青い皿に載ったフライドチキン。そいつのフォロワーで同席したやつがうっかり店名を漏らしていなければ、フライドチキンを画像検索にかけて、同じ青い皿に載った写真を見つけたらビンゴだ。レストランの口コミサイトを調べる。そいつらが普段生息しているエリアならだいたい当たりだ。

絞り込めたら、どうするか。俺の居場所から一時間以内で行ける場所なら、速攻で向かう。店舗に入ってぐるっとあたりを見回す。SNSに上げた自撮り写真ではスタンプでモザイクかけて顔をわからなくしていようが、服装、髪型、体形でなんとなくわかる。似た雰囲気のやつが見つからなければ、次の候補の店舗へ行く。まあ、時々いる賢いやつは、店を出てから写真をアップするんで、空振りに終わることもあるが。

これが人間観察だ。こっちの方が、電車だのレストランだので見かける他人を、自分の陳腐で無駄な想像力で落書きするより、ずっと科学的だ。観察ってのはそうやってやるんだ。鳥の観察だって、木陰に隠れて双眼鏡を手に、どんな鳴声で、求愛のダンスはどんなで、どの木に巣穴があって、どこを餌場にしているかを探すだろ。鳥の性格、ましてや何を考えてるかなんざ興味ない。妄想で勝手に判断して共感してるうちは観察じゃないのさ。

俺の家にはパソコンが二台、タブレットが一台ある。パソコンのうち一台は仕事用、一台は観察用、そして最後のタブレットは、さらに観察を進めるための道具として使い、念のためプロバイダはそれぞれ別に契約した。

本職はしがないイラストレーターだ。小説やビジネス書のカバーになったり、画集が出たりするなんてのは夢のまた夢、企業から分けてもらった孫請けのしょぼい仕事で食いつないでいる。仕事用のパソコンは完全にクリーンで、メールアドレスもSNSアカウントもひとつしかない。投稿内容もきわめて優等生で、時々、馴染みのWEB記事編集者と飲むと、炎上しがちな別のイラストレーターにネットリテラシー講座をやってほしいと愚痴られるくらいだ。裏では、それぞれ別の人格を持たせたSNSのアカウントを複数持ってて、リテラシーなんざ屁でもないことをしてるってのに。

エックス、インスタグラム、フェイスブック、その他諸々——二台目のパソコンは俺の本性が丸出しだ。偽装用アカウントを管理して、投稿数の多い人間たちをフォローし、タイムラインと呼ばれる画面に流す。

それはそれは混沌(こんとん)だ。豪雨の後の濁流ってこんな感じじゃないか？　何百人もの人間が一斉にしゃべるのを全部読めば、俺でもマジでパニックを起こしそうになる。だがちょっと我慢すれば、濁流の中に良い感じの投稿が流れてくる。個人情報をうっかりこぼしちまったおっちょこちょいだ。俺は間抜けな魚を釣り上げたような気分で、タブレットに登録している特別なアカウント〝ホークアイ〟にログインし、そいつをフォローする。（アイコン画像は『アベンジャーズ』のジェレミー・レナーにしてるんで、みんな俺がホークアイのファンだと勘違いしてくれる）

〝ホークアイ〟がフォローしているのは、個人情報をうっかりこぼしがちなアカウントばかりだ。

俺はハンター気分でアカウントの生息範囲を狭め、時には無邪気なフォロワーを装って質問し、アタリをつけたら現場に出向いて本人を探す。見つけた時のあの興奮と優越感はマジでたまらねえ――でも、本人には絶対に手を出さない。そんな必要ないからだ。

俺はただ、誰かの生息を暴き、観察したいだけであって、危害を加えるつもりは一切ない。わずかな情報から真実を掴むという、快感を得たいだけだ。そういう意味では、俺もシャーロック・ホームズ病にかかってるのかもな。

とにかく、俺は好きなやつをつけ狙って暴行を働くキモい変態野郎どもとは違う。俺の人間観察は、科学的で、健全で、スポーツみたいなものだし、性別も年齢も気にしない。調べが付いて満足したら、データを消してフォローも外して、きれいさっぱり忘れるんだ。

　俺は今、獲物のひとりの住処を突き止めようとしている。

　そのSNSは突然、俺の二台目のパソコンに現れた。ちょうど、最近よく見かける『あなたのネット利用に問題はありませんか？』というサイト広告を消そうと×印をクリックした後、〝ネクスト〟という名前の知らないSNSについて報じる記事が現れた。

　SNS全盛の時代、後を追えとばかりに新規サービスが現れては消えていく。こいつもそのしょぼいサービスのうちのひとつだと思ったが、記事に貼ってあったリンクにアクセスしてみると、驚くほどデザインがスマートで、利用者数も多そうだった。俺としたことが、こんな優良なSNSが誕生していたのに気づかなかった。

　ここのところ仕事続きで徹夜続き、気が緩んでいたせいだ。チェック漏れを恥じながらアカウントを取り、早速めぼしい投稿はないか探そうとした。

　このネクストというSNSは、何つうか、ザ・近未来だった。フォローという概念は存在しているが、時系列のタイムラインがなく、銀河系のグラフィックの空間を、投稿が一枚一枚浮遊して、ユーザーはそれを追いかけて捕まえる。右、左、上、下、前、後、全方向に言葉やら写真やらを貼った紙切れが浮かんでるようなもんだ。一枚捕まえると、それに付随する投稿がずらりと列を成す。そこから読みたいものだけをピックアップするのだが、中には赤く点滅しているものや、青いラインが引かれたものが出てくる。ガイドを読んでみると、どうやらＳＮＳを管理しているＡＩが、利用者の好みに合う投稿を見つけ、色分けして教えてくれるというスタイルらしい。

これは、正直言ってすさまじく疲れる。目が回る。探しにくい。そもそもＡＩ任せって考え自体が気にくわない。

俺はこの似非宇宙空間をしばらく眺めてから、これは諦めた方がいい、と結論づけ、ウィンドウを閉じようとした。その時、まるでクラゲみたいに縁をきらきら光らせた投稿が目に留まった。

ある男の投稿だった。アカウント名は〝フレディ〟、文章から受ける感じは俺より年上、四十代といったところ。最低限のプライバシーは意識しているらしく、顔だけモザイクがかかっているが、首から下はばっちり写っていて、運動でもしているのか、ずいぶん引き締まった体つきだ。俺の腹はそげたように肉がなく、ガリガリに痩せてるが。

肝心カナメは投稿の内容。男はこれから映画を観に行くという。色あせた黄色い外壁の、潜水艦のような丸い窓のある映画館の写真もご丁寧につけて、一時間前に投稿している。貼り出されているポスターは、何年か前に公開したＢ級スプラッター・ホラーの『フレディVSジェイソン』だった。一瞬過去に撮った写真かとびびったが、どうやらリバイバル上映中らしい。なるほどこいつはこの映画のファンで、何度も観ているようだ。

それでアカウント名もフレディにしたのかもしれない。

実はこの映画、俺もすごく好きだった。『エルム街の悪夢』と『13日の金曜日』という まったく別のシリーズの殺人鬼を同じ作品に登場させるアイデアは、今はそれほど新鮮みがないけれど、まさかフレディ視点ではじまるとは思わなかったし、実際成功していたと思う。ちまたではまったく評価されなかったが。

フレディは引っ越ししたてで、住みはじめた街の公園でピースサインをカメラに向けたり、川で釣りをしたりと、かなり充実した生活を送っている。黄金の麦畑で刈り取った麦を担いでいる写真まであった。こいつは農家の人間だろうかと思ったが、体験教室に参加しただけで、近くの機械工具の商社に契約社員として勤めているという。住んでいるのは狭いアパートの一室で、ニトリかＩＫＥＡあたりで売ってそうな折りたたみテーブルに、灰色の座椅子、四十二インチのテレビ（なぜわかるかというと俺のテレビと同じ型なんだ）、そして紺色のベッドが、写真から確認できた。

ともあれ、これで俺の興味はバシッと焦点が定まった。

「……なるほど、フレディ。あんたを追ってやる」

俺は手を擦り合わせ、タブレットでも〝ホークアイ〟アカウントを取り、フレディをフォローした。

フレディの写真や投稿にはたくさんのヒントがあった。たとえば公園の名前。かなり珍しいもので、調べてみると全国にひとつしかなかった。

俺はその公園の名前をグーグルマップで検索し、地図が現れると黄色い人間を動かして、ストリートビューに切り替えた。グーグル社のカメラ付き車両が道を撮りまくってくれたおかげで、まるで実際に歩いているかのように風景が画面いっぱいに現れ、映画館はすぐに見つかった。それから十分ほどタッチパッドに指を這わせて街を散策し、最寄り駅やフレディが使っているらしいスーパーマーケットなどの目星をつけて、捜索範囲を狭めていく。狙いはアパートだ。ネクストにアップされた部屋の写真の様子から、マンションや一軒家などの高級なものではなく、ひとり住まいのアパートであることはわかる。運良くベランダの柵や外側の景色、雑木林らしき影も写っている——ベランダの周辺は大事だ。わかれば外観を特定しやすい。

時間をかけて道を一本一本確認し、夜が更け、どこかで鳥が鳴き、モニタに朝日が差し込んだ時、俺はそいつのアパートを見つけた。裏の雑木林もベランダの柵も間違いない。指先からびりっと来るこの感覚。ジグソーパズルが見事にはまっていく感覚。あんたにもわかるだろ？　最高の瞬間だ。

三両しかない電車からホームへ降り立つと、聞き馴染みのない発車ベルが鳴った。田舎くささ全開のピヨピヨした緊張感のないベルが鳴り終わると、電車は青い体をのんびり揺らしながら線路を行き、雑草だらけの土手の向こうへ消えた。

古ぼけた木の駅舎はどうにも妙だった。普通だったらあるはずの改札がない。このまま通っていいのか？　無賃乗車し放題……なわけない、ＩＣカードに降車情報が記録されないと次の駅で困るし、下手すると鉄道警察に捕まっちまう。

だが改札は銀色に光るスチール製のアーチがあるだけで、駅員ひとり見当たらない。仕方なくアーチに近づくと、柱に〝ただいまＩＣカードの新機能テスト中　そのままお通りください〟という注意書きがかけてあった。

「切符だったらどうするつもりだったんだよ……」

ひとりごちると、アーチの上のあたりで、ぴんぴろりん、と変な音がした。

駅の改札は妙に近未来的だったが、駅前のアーケード街はごく普通の、田舎町によくある商店街だった。しかしひと気がまるでなく、閑古鳥が鳴きまくってる。

つまり怒る人もいないだろうと煙草に火を点け、タブレットでマップを確認しながら、目的のアパートに向かう前に、やつが投稿した写真の場所を巡った。公園、川、麦畑。同じ場所に立って、保存しておいた写真をタブレットに出し、見比べる。ばっちりだ
──今回も住む街を探り当ててやったぞ。煙草をもみ消し、思わずにやけた。

フレディのアパートはストリートビューで見たとおり、駅から五、六分ほど歩き、緩い坂道を登った先、小さい畑と雑木林のそばに立っていた。薄い水色の外壁に、量産住

宅らしい白いベランダは、柵の上部に花模様の細工があって、大家が何を考えていたのかはわからないが余計に安っぽく見える。

今日は平日で時間もまだ早い。普通の機械工具商社で働いてるなら、フレディはまだ留守のはずだ。

俺は、いつもは着ない清潔なポロシャツとスラックスという格好だ。左手には、いかにもなにがしかの書類が入っていそうな、大きめの鞄（かばん）を提げている。ハンカチを出して、顔やら首の後ろやらに当てて特にかいていない汗を拭いながら、いかにもどこかの業者っぽくふるまいつつ、アパートの敷地内に入った。

アパートは三階建てで、入口側に駐車場と駐輪場がある。エレベーターはなく、階段が左手にあるのみ、上り口の手前に銀色の集合郵便受けが設置されている。問題は部屋番号だ。ネクストに上がっていた写真だけではさすがにわからない。

ベランダが写り込んだ写真から一階でないのは明らかだし、雑木林が見える角度も二階では下すぎるように思う。部屋はそれぞれの階に三部屋ずつだ。

郵便受けってやつはなかなかに個性的で、チラシがはみ出していたり、新聞がはみ出していたり、空っぽだったりする。住民の性格や住まい状況を把握するにはぴったりだ。

だがこのアパートの郵便受けはひとつたりとも表札が出ていなくて、個性に乏しい。特徴があるのは、くそみたいなチラシがぎっしり詰まっている302号室だけだった。

　ひとまず俺は二階に上がってみて、廊下の端から裏の雑木林を覗いた。思ったとおり、ここじゃ位置が低すぎる。となると三階だ。階段をさらに上り、３０１、３０２、３０３と見ていく。さて、フレディは広告を郵便受けに詰めっぱなしにするタイプか？　それとも毎日ちゃんと確認するタイプか？

　その時、階段から足音が聞こえ、振り返ると、膨らんだ黄色い買い物袋を持った背の低いオバチャンが、最後の一段を上ったところだった。その後ろには、オバチャンとまるで似ていない長身の若い女がついている。母娘にはとても見えないふたりは、俺を見て、おや、という顔をする。

「こんにちは」

　３０２号室の前にいた俺は口に力を入れて営業スマイルを決め、オバチャンと若い女が３０１号室を通り過ぎ、３０２号室もスルーしてくれるのを祈った。運良く、オバチャンは軽く会釈しながら俺の後ろを通って、３０３号室へ向かう。

　わかってる、ここはいったん引くべきだ。俺も一度下へ下りて様子を見ようとしたら、オバチャンが話しかけてきた。

「３０２号室のお宅、今日もお留守だと思うけど」

　そこで俺は用意してきた言葉を返す。

「ああ、どうりで。ありがとうございます」

ついでに笑顔。この程度のやりとりで、たいていの人間は話に首を突っ込むのはやめる。幸い、このふたりもそうだった。さっさと自分の家——303号室の鍵を開けて中へ入ってしまう。

302号室が留守がちなら、フレディの自宅は隣の301号室で間違いない。昨日も自宅内の写真を上げていたし、さんざん〝ひとり暮らしで人恋しい〟と愚痴をこぼしているんだ。両親とは縁が切れているらしいから、今のふたりが、たまたま世話しに来たカアチャンと妹ってわけでもないだろう。というわけで303号室も除外。

しかしいきなりメインディッシュに手をつける気はない。そもそも俺は本人と接触しないポリシーなんでね。フレディが帰ってくるのを無事に見られる場所さえあればいい。

アパートを後にし、俺は裏の雑木林の様子を見に行った。雑木林と言っても、住宅地だから狭い。せいぜいが緑地レベルだろう。私有地かもしれないが、まあ、勝手に入ってもいいくらいには鬱蒼としているし、別に進入禁止の看板やロープの類いもない。念のため用意していた、木陰に隠れる時用の迷彩のウインドブレーカーを鞄から取り出し、ポロシャツの上から着て、目立たないようにした。

さて、俺は雑木林に遠慮なく足を踏み入れた。落ちた木の葉が柔らかい土の上を歩き、観測に最適な場所を探す。木立と茂みの隙間から見える、薄い水色のアパートを正面に、俺は木の根の間にハンカチを広げて敷き、腰を下ろしかけた。

そこでぎょっとした。

木の根を挟んですぐ左隣に、俺のウインドブレーカーと似た、迷彩柄のフリースが落ちていた。いや、落ちているんじゃない。敷いているんだ。上に黒く平べったい物が置いてある。ずいぶん薄型だが、タブレット端末に間違いなかった。

誰かいる。

慌てて敷きかけたハンカチを摑んで立ち上がり、俺は素早くまわりを確認した。だが人影は見当たらないし、物音も木の葉が風に擦れるのどかな音ばかりだ。誰かここで、電子書籍の読書でも楽しんでいたんだろうか？　途中で小便に行きたくなって席を外してる？　フリースもタブレットもほとんど木の葉や砂粒が落ちていないから、落とし物の可能性は消した。

タブレットの他にも、小型の機械類やコードがあるのに気づいた瞬間、鳥の囀り（さえず）の合間に、小枝がぽきりと折れる音が聞こえた。

俺は大急ぎですぐ後ろの大きな茂みに隠れた。落ち葉や小枝を踏みしめる足音がどんどん近づいてくる——茂みの隙間から覗き見ている俺の目の前を、影が歩いて行く。

大柄な男だった。背はさほど高くないが、体格がずんぐりとして大きく見える。黒いパーカーのフードを頭にかぶせ、そこからぼさぼさの髪がはみ出している。ズボンのファスナーを上げながら歩き、推測どおり、そのへんの木の下で立ち小便をしていたようだ。猫背気味で前屈み、いかにも陰気。いわゆる〝キモい野郎〟だった。

念を入れてウインドブレーカーを着ておいてよかった。そいつは俺が茂みに隠れているとは気づかず、タブレットを拾い上げてフリースにどっかりと腰を下ろした。手を伸ばせば触れられるほどの距離に、黒いパーカーを着た丸い背中がある。俺は息を潜めて、こいつがここで何をしているのか、肩越しに窺った。

男はあぐらをかいてタブレットを膝に載せ、小型の機械、おそらくWi-Fiの類いを確認すると、コードレスのイヤホンを耳に差した。肘を曲げて鼻をこすり、タブレットを顔の前まで持っていく。

画面に映っているのは、見覚えのある間取りの部屋だった。手前に居間、奥に台所と玄関へ続く廊下がある。廊下の反対側には風呂とトイレがあるはずだ。フレディの投稿写真で何度も見た部屋とめちゃくちゃそっくりだった。ただし、家具が見えない。もう少し近づいて見ないとわからないが、人が住んでいる気配の薄い、空き部屋のようだ。

やつの尻の近くにある、黒くて平たい機械に、小さな赤いランプが点滅している。外部記憶装置だろうか。鞄に入れておいた双眼鏡をそっと取り出して覗き込むと、ランプのすぐ脇に、白い文字で「ＲＥＣ」と表示されていた。

わかった。こいつ、盗撮魔だ。

無断で人の生活を盗み撮る——言っとくが、俺とは違うぞ。確かに俺のふるまいはある種のストーカーに見えるかもしれないが、前も言ったとおり普通のストーカーとは違うし、何より盗撮は卑劣だ。人が見せていない部分を勝手に録画して、後から見直したりするんだから。俺の場合は、そいつが進んで投稿した写真から推理したことを観察して確かめるだけだし、記録はすぐ破棄する。だが盗撮魔は違う。映像をネタに強請(ゆす)ったりな。こんなのは粘着質で気持ちの悪いくそったれがすることだ。

目的は何だ？　どうやってカメラを設置したかは、さほど問題じゃない。あらかた何かの作業員、たとえばエアコンの設置員とかで、作業中にカメラを取り付けたんだろう。そのデータをWi-Fiで送受信し、タブレットで実況を観つつ録画もする。だが何のために？　好きな女を盗撮してるんだろうか？　または、別の目的で？　ひょっとして、こいつもフレディを狙ってる？　空き部屋にも見えるが、ここの角度からじゃ確信が持てない。もしかしたらフレディの部屋かもしれなかった。

それに、こんな場所にいられたらおちおち観察できない。俺が先に見つけた獲物を横取りされたようでむかつく。まさかさっきアパートに上がった俺のことも盗撮してたんだろうか？　二階の廊下から外に顔を出して、裏手の雑木林を見ちまった。部屋だけじゃなく外も撮影しているとしたら、俺の記録が残っちまってるだろう。まったく、ふざけんなよ。

間抜けな盗撮魔は無警戒だから、きっとまた小便に行く時はタブレットを置いて出るに違いない。しかし、どうせデータは外部録画と同時に、インターネット上のクラウドにも保存しているだろうから、液晶を割ったって無意味だ。

落ち着け。俺の顔が録画されていようと、そんなのは駅で拾った丸裸の鍵と同じで、何の役にも立たない。落ち着け。俺はただの訪問客として映っただけなんだから。全部、こいつがいなくなれば済む話だ。テリトリーを荒らされてたまるか。

面倒だが作戦を練ろう。とにかく今は距離が近すぎる。

幸い盗撮魔はイヤホンを両耳に差している。俺はできる限り音を立てないよう、ゆっくり腰を上げ、視線は盗撮魔の丸い背中からあまり逸らさずに、後ろ歩きで静かに歩いて、いったん退却した。

駅前には気軽に入れそうなチェーンの飲食店がいくつかあり、俺は喫煙席のあるコーヒー店を選ぶと、アイスコーヒーと共に夕陽が差し込む窓際のカウンター席についた。それにしてもずいぶん空いているし、ちらほらいる客たちの全員が、スマホかタブレット、またはラップトップの画面を覗き込んでいる。俺もSNS依存だし人のことを言える立場じゃないが、この光景はかなり不気味だ。ふたり連れは皆無だった。

煙草で一服してからコーヒーにガムシロップを多めに入れて糖分を補給しつつ、どうやって盗撮魔を追い払おうか考える。電波妨害をしようにも今日持ってきたのはタブレットだけだし、こんな田舎町じゃ発信器を買うこともできない。

まったく、なんだってまた同じアパート狙いなんだ？

仮説一、執着。あのアパートのどこかの部屋の誰かに恋している。まあこれは、盗撮って方法論がやばすぎるがあり得る。または、動機は恋じゃないかもしれないが、標的が顔見知りで、観察しているパターン。仮説二、趣味。俺と同じようにSNSで適当な赤の他人を見つけたか何かで、あいつの場合は盗撮という手段に出る。

その時、大声で話しながら客が店に入ってきた。四十代のサラリーマン風で、スマホ片手にべらべらしゃべりまくってる。注文の間も、品物を受け取る際も、客席の間を歩きながらもずっとしゃべっている。

「実は新しい人が入ってくるんだ。その人を見ててほしい。じゃないとまた僕は危険な目に……」

は？　危険な目？　どういう会社に勤めてるんだこいつ。でかい声でしゃべるやつほどイキった内容のことを口にするというが、こいつは典型的なそれだ。

まわりの客はというと、みんな聞こえないふりを決め込んでいるのか、うつむいて自分の機器に集中している。

しかもこの野郎、席があまりまくってがら空きだってのに、わざわざ俺のいるカウンター席にやってきて、隣に座りやがった。

野郎は電話を切って、小さいスマホをぽちぽち操作して何かしているが、そんなのどうでもいい。隣に客がいるだなんて十秒だって三十秒だって耐えられねえ。聞こえよがしに舌打ちしてわざと貧乏揺すりしても、図太いクソ野郎は気づかないのか無神経なのか、まったく席を移る気配がない。俺は飲みかけのアイスコーヒーを持ち、カウンター席から下りてできるだけ野郎から遠い席に移動しかけた。

そこで気づいた。ユーレカ！　リーマンよありがとう！　俺はたちまち晴れやかな気分になって、まだたっぷり残ってたアイスコーヒーを一気飲みし、グラスを返却口に置くと有頂天で店を出た。真っ直ぐにフレディのアパートを目指す。でも目的はアパートじゃない。

裏手に回るが、今度は迷彩のウインドブレーカーを着ないで、ポロシャツとスラックスで行く。雑木林に入る前にスマホを耳に当て、軽く咳払いして喉の調子を整えた。そして話しはじめた。

「ええ、そうなんですよ。まったくとんだことです。どうやらこのあたりの地盤沈下、報告書から漏れていたようですね」

木立の下草に分け入って、柔らかい地面をゆっくり進む。

「はい、本当に申し訳ありません。こちらとしましても再度……いえ、いえ、とんでもない、お客様にご迷惑をおかけしたのは手前どもの方ですから」

手に持ったスマホはどこにも繋がっていない。電話の相手はナシ、俺がひとりでべらべらまくしたてているだけだ。

さっきのおしゃべりサラリーマン、ぶち殺してやりたいくらいにむかついたが、盗撮魔をどかすヒントをくれた。うるさくすりゃいいんだ。普通、見知らぬ人間が自分のテリトリーに入ってきたら嫌だろ？　しかも耳元でぺちゃくちゃしゃべりまくられたら不快でたまらない。しかし注意してやめさせるかというと――面倒な揉めごとを招くより、自分がどいた方が早い。実際俺はそうして、自分から席を移動した。逆手に取れば人間心理を利用したうまいやり方だ。盗撮魔もきっと嫌がってあそこからいなくなるだろう。ましてや後ろめたい行為の最中であれば、より一層そうしたくなるはずだ。

どこかの営業マンのふりして謝罪しまくりながら雑木林を奥へ進み、さっきの場所の近くに来た。日没後の怪しい赤みを帯びた闇の中、木々の影の間に人のシルエットが見える。盗撮魔がまだいる。あれから一度も移動しなかったのか、迷彩のフリースの上にでかい尻を乗せ、うつむいてタブレットに視線を落としている。

しかしこのくそ盗撮魔はやっぱり神経にさわる。俺はかなりでかい声でしゃべってるのに、イヤホンでデスメタルでも聞いてるのか、まるでこっちを見もしない。負けるもんか。

「こちらとしても誠心誠意、取り組みますので。どうぞよろしくお願い致します」

俺は電話を切るふりをし、大げさな溜息をついた。盗撮魔との距離は、もう二メートルもない。

「やれやれ……」

この際、わざとらしいかどうかなんてどうでもいい。俺は盗撮魔のすぐ横、元々俺が座ろうとしていた木の根の間に腰を下ろし、今度は別の人間と話している体で、再び無人の電話に向かってしゃべりかける。

その間も盗撮魔はまったく反応しない。横目で窺っても、あたりはずいぶん暗くなっちまった上にパーカーのフードとぼさぼさで長ったらしい前髪のせいで顔の上半分が見えず、不快に思ってるかすらわからない。自分の方が馬鹿に思えてきて、仕方なく電話作戦はやめた。

「なあ、あんた」

こうなれば直接やるしかないだろう。しかし何と話しかけたもんか。

「ここで何をしてるんだ？　この雑木林は私有地で、これから木を伐採して土地開発することになってる。そこにいられると困るんだが」

「……へえ」

盗撮魔がついに声を出した——ばっちり聞こえてるんじゃねえか。

「『へえ』じゃなくて。どいてくれませんかね、仕事が立て込んでるんで」

「もう日が落ちた。おたくは、住宅街で夜分に木を伐採するのか？」

それもそうだ。ここは盗撮魔の方が一枚上手だった。俺は答えずに腰を上げ、再び退散した。

くそ。マジでどうしよう。木の根や土のくぼみにつまずきながら、雑木林と民家の間をうろうろと往復する。せっかくの名案だったのに！　警察に匿名で通報するという案も浮かんだが、盗撮魔には誰が通報したかすぐわかるだろうし、やつが「通報者も怪しい」と警察に訴えたらどうしよう。土地開発なんてでっちあげはすぐばれるし、この時間に雑木林にいたうまい言い訳も思いつかない。何より、どんなわずかな足跡でも警察には残したくなかった。

腹いせに転がっていた小石を蹴っ飛ばしたところで、タブレットがぴろんと鳴った。フレディの投稿通知だ！　急いでネクストを起動すると、「駅に着いた！　つかれた～」というコメントと共に、駅前の写真が二十秒前に投下された。やばい、帰ってくるぞ。

盗撮魔のいる雑木林に戻るか、それとも……俺は木立の向こうにあるアパートの光を見た。歩いて五分もかからない距離だ。

街灯が照らす道を走り、アパートに戻る。どこかに隠れながら観察できる場所はないか？　階段の裏、駐車場の車の陰、隣家との境界のブロック塀とアパートの壁との間とか。どれもすぐばれそうだ。

再びタブレットがぴろんと鳴り、フレディが新たに投稿した野良猫の写真を見た。もうすぐそばまで来ている。俺はタブレットをマナーモードにし、ええいままよと階段を駆け上がって、三階に向かった。301号室、302号室、303号室。303号室のオバチャンは「302号室のお宅、今日もお留守だと思うけど」と言っていた。留守の隣室、俺の居場所はあそこしかない。

俺はズボンのポケットをまさぐり、ヘアピンを取り出した。人に自慢はできないが、古いタイプの鍵ならこれで開けられる。鍵穴に差し込もうとドアノブを握った時、思わず「あっ」と声が出た。抵抗なく回る。そのまま手前に引くと、ドアはすうっと音もなく開いた。薄暗い空間からぬるい空気がふわっと漂い、俺の頬を撫でる。人の気配を確認する間もなく、誰かが階段を上ってくる足音がした。俺は急いで302号室の中に体を滑り込ませてドアを閉め、聞き耳を立てる。足音はどんどん近づいてきたが、右側で止まった。足音の主がこの部屋の住人じゃなかったことにほっとしつつ、ドアの鍵を開ける音、隣室に人が入る気配に、胸が高鳴る。

フレディが帰ってきた。ついつい、にんまりとほころんじまう。

長いことこの趣味を続けているけど、隣室での観察ははじめての経験だ。この貴重な体験を味わわせてくれるきっかけになった盗撮魔には、感謝すべきかもしれない。俺は電気をつけたものか迷ったが、怪しまれるとまずいので、スマホの照明機能だけを点灯させることにした。目が痛くなるほど白く眩しく光る照明を廊下の真ん中に置いて、足音を忍ばせ居間に向かい、海の底のように暗い部屋の隅にしゃがむと、301号室と接している壁に耳を押し当てた。

タブレットにはフレディの最新投稿、「ただいま！　つかれた！」が表示されている。俺は間に合ったことと、自分の素晴らしい追跡能力に満足して、にやにや笑いながらネクストのアプリをいったん閉じ、この部屋をぐるりと見回した。

部屋はがらんとしていて、一切の家具がない。オバチャンは留守と言っていたけれどもう引っ越しちまった後なんじゃないかと思う。テーブルもベッドもカーテンもないし、開けっぱなしの押し入れに布団も入っていなかった。どうりで郵便受けがチラシでいっぱいだったはずだ。303号室のオバチャンに挨拶もせず出て行ってしまったなら、人付き合いもろくにしないやつだったんだろう。

俺はでかいあくびを一発してから、ネクストのアプリを立ち上げるつもりで、タブレットに触れた。壁越しに聞こえてくる物音はなかなか愉しい。だが、フレディへの関心もさっきよりずいぶん薄まっているのを感じた。ここはもうゴールと言っていいだろう。しかしネクストにはまだまだ金脈が山とあるはずだ。

しかしネクストのアプリを立ち上げた俺は、ぎょっとして手を止めた。フォロー申請が来ている。SNSは基本的に誰でもフォローができるものだから不自然じゃない。だが〝ホークアイ〟はほとんど投稿しないし、閲覧制限の鍵をかけてフォローは申請制にして、もし来ても無視をしている。だがこの申請者は。

アカウント名は〝REC〟。アイコン写真は録画中を示す赤いランプ。盗撮魔だ。俺を特定しやがった。

いったいどうやったんだ？　足跡は一切残してなかったはずだ。

するとRECの投稿に新しいものが流れてきた。動画だった。見覚えのあるアパートの外観、三部屋あるうちの中央の部屋だけ、暗闇に懐中電灯だけをつけたような、青白い光り方をしている。動画にはコメントがついてきた。

『お前が〝ストーカー〟か。隣室の〝フレディ〟が狙いの？』

「くそっ」

思わずタブレットを振り上げた俺は、叩き割りたくなる衝動を必死で抑える。この部屋だ。俺の失態だ。暗いからとスマホのライトをつけたのがまずかった。アパート全体を監視しているやつがいるのに——いや、待てよ。

部屋を見上げる。雑木林側を向いているベランダの窓の上に、いくぶん古い型のエアコンがあった。元々物件についている初期設備に違いない。俺はタブレットをかざし、液晶の光でエアコンのまわりを確認した。あった。小型のカメラが。

「おい、見えてるか？　バーカ！」

俺はカメラに向かって手を振り、思い切り舌を突き出してやる。こんな空き室を盗撮しているなんて頭がおかしいとしか思えないが、しかし今や地の利はこっちのもんだ。お前が対象にしている大切な部屋を俺が荒らしまくることだってできる。

俺はネクストでRECをフォローし返し、『カメラをもぎ取ってそこらへんに捨てるぞ』と脅してやった。しかしRECは意味不明のことを言う。

『お前、弟を誘拐した一味ではないのか？』

『は？』

『この部屋に元々住んでいたのは俺の弟だ。お前のことは弟から聞いてる。ネクストのアカウントも、不気味なストーカーだってことも』

『イミワカラン』

まったく、もう少し正気のコメントを出してもらいたいもんだ。俺は文字パネルに指を滑らせて『あんたが俺を構わなきゃすぐに出て行くさ。どっちみち、もうフレディには飽きたし』と打ち返した。

そう、フレディには飽きた——でも。俺は盗撮魔に興味が出てきた。

『なああんた、無人の部屋を撮るっつうのはどういう了見だよ？　なんか幽霊でも出るのか、ここ？　オカルトマニアか？』

続いて盗撮魔から返信がある。

『たとえお前が飽きたとしても、連中はお前に飽きないぞ』

出た、マジモンの電波野郎じゃないのかこいつ。隣のフレディの部屋からはテレビの音がして、バラエティ番組の笑い声がくぐもって聞こえた。俺はタブレット上で親指を素早く動かす。

『〝連中〟って誰だよ。お前、幽霊じゃなくて陰謀論信者か』

しかし盗撮魔から返事はない。腹が立ったので、ポケットから煙草用のライターを出して火を点け、カメラに向けた。すると速攻で返事が来た。

『やめろ、そのカメラに触れるな。連中との契約なんだ——この部屋を監視していないと、弟の安全が保障されない』

『弟？　さっきもそう言ってたな。この部屋の借り主なのか？』

『ああ。俺は弟を待ってる。ずっと』

『あんたが部屋を盗撮しているから逃げたんじゃないのか？　キモいだろ』

すると盗撮魔は二十秒ほど沈黙して、『盗撮じゃない。弟は誘拐された。〝この部屋を盗撮してくれ〟と言い残して。それから時々弟から連絡がある。俺は指示に従う』そう言って、ネクスト上に音声データを流した。

「会社が僕を狙ってる。兄ちゃん、頼む。監視してほしい」

何かノイズでも入っているのか、妙にガタピシしている声だが、焦っている様子なのはわかる。どういうことだ。

『あんたの弟は、部屋の盗撮だけ頼んで誘拐されたのか?』

そう訊ねると、盗撮魔は『そうだ』と答えた。

『弟は俺の理解者だった。俺よりも下手だったが、よくカメラで撮った写真を見せてくれた。この街には新しい会社に就職した都合で越してきて——だが、その会社がまずかったんだ。なぜか連れ去られた』

エアコンの横に取り付けられたカメラを見たところで、レンズはどんな感情も浮かべやしないが、盗撮魔はどうやら本気でそう考えているらしい。俺が答えられずにいると、盗撮魔は続けて俺に訴えかけた。

いわく、弟は生きている。ここでこの部屋を監視している限り、生かしてもらえるそうだ。

『テストなんだ。俺がここをうまく監視できるかのな……』

盗撮魔はずっとカメラが趣味で、特に小型カメラと無線が好きだったらしい。趣味を極めた結果、盗撮魔になった点は、俺も心当たりがあるからどうにも批判できない。ともあれ、盗撮魔はカメラと盗撮以外に何の能力もなかったが、弟だけは自分を褒めてくれる存在だったそうだ。

『テストだろうが何だろうが俺はあいつを守る。救う。俺にしかできない』

映画の主人公にでもなったつもりなのか、盗撮魔はあいつの体臭並みにくさすぎるメッセージを送りつけてきやがった。まあ唯一の理解者だったらしいから、しょうがねえとは思うけど。

『さっきはこれが送られてきた』

そう言ってまた音声データが送信されてくる。さっき、弟の声だと言っていたのと同じ声だ。

「実は新しい人が入ってくるんだ。その人を見ててほしい。じゃないとまた僕は危険な目に……」

はっ？　と思った。マジ、はっ？　て。聞き覚えがあるどころじゃない。さっきコーヒー店で見かけたリーマンじゃないか。お前の弟、ぴんぴんしてるぞ、とメッセージを送りかけたところで、はたと気がついた。声質が全然違う。あのリーマンの声はざらざらしているが、この音声データの声質はつるりとしてまだ若い。

いったい何がどうなってるんだ？　頭をぐるぐる悩ませているうちに、盗撮魔がネクストの投稿を送ってきた。どうやらネット音痴の兄貴にネクストを教えたのは弟らしく、三ヶ月前まではごく普通に投稿していたようだ。この街の映画館で観た映画とか、商店街のコロッケを食べたとか、素朴な会話をしている。ふたりのやりとりは仲の良い兄弟のそれに見える。

しかし違和感がある。三ヶ月前にこの街の映画館で観たと弟が言ってる映画が『フレディVSジェイソン』だったのだ。またかよ、フレディと同じかよ、じゃない。リバイバル上映ってのはせいぜい一週間、長くても一ヶ月の期間がほとんどだ。いくらこの街が田舎だろうと、三ヶ月も『フレディVSジェイソン』を上映し続けているなんて、怠慢もいいところだろ。

それに、投稿がテキストばかりだ。今どきSNSに一切写真を上げないやつなんかいるか？ しかも親しい兄貴相手にだ、引っ越してきた街の写真を撮って見せたくなるのが普通の人間の行動だ。

『なあ。お前の弟が誘拐云々はよくわからんけど、この街もこのネクストの弟のアカウントも、なんか妙じゃないか？』

そう盗撮魔にメッセージを送った瞬間、突然、タブレットの液晶画面が真っ暗になった。電源が落ちたのだ。しかも同時にスマホも切れ、明かりが消えた。

おかしい、充電はまだあったのに。鞄から充電コードを出してコンセントに繋いだが、ぴくりとも反応しない。そもそもこの部屋には電気が来ているのか？ 電気のスイッチをカチカチ押しまくったが、天井の電灯はつかなかった。

盗撮魔とのやりとりが遮断され、ふと現実に引き戻されてみると、やたらとあたりが静かなことに気づく。隣の薄い壁越しに聞こえていたはずのテレビ番組の音も、いつの間にか消えているし、咳払いも、ひとり言も、床を踏む足音も聞こえてこなかった。反対側の部屋はどうだ？　しかしそっちも同じで、壁に耳をつけているのに、物音ひとつ聞こえやしねえ。オバチャンと若い女はどんな生活をしているんだ――それ以前に、本当にここで生活しているのか？

窓の外は雑木林、街灯も少なく、夜だと何が何だかわからない。俺は背筋にぞっとする冷たいものを感じ、できるだけ静かに玄関へ引き返して、ドアノブをひねった。しかしドアはごつんと音を立て、何かに引っかかったように止まってしまう。鍵をかけたままだったか？　内側の鍵を反対方向に倒してもう一度ドアを押したが、ほんの一センチ程度しか開かなかった。普通の鍵がかかっていて開かないのなら、ドアに隙間ができるはずがないんだ。つまり、何者かが外側からしか外せない錠をかけているんだ。

「おい、誰かそこにいるのか？」冷や汗を拭い、ドアの隙間から囁く。「盗撮魔か？　悪ふざけもたいがいにしろよ。俺はもう帰る。帰って二度と戻らない」

だが人の気配すらしなかった。ベランダの窓も、サムターン錠にロックがかかっていて開かない。閉じ込められた。

「おい、出せ、ここから出せ！　何しやがるんだこの野郎、くそったれ、ふざけんな！」

ドアを叩き、壁を叩き、床を踏み鳴らした。もはやフレディなんてどうでもいい、むしろフレディに声が届いて助けてくれたらありがたい。居間に戻って、右の壁も左の壁も叩きまくった。こうなったらベランダの窓ガラスを割って——だが映画でもあるまいし、割れたガラスでどこかしら切るに決まってる。

それでも覚悟を決め、ウインドブレーカーを着てフードをかぶり、鞄を全力で放り投げて窓ガラスを割ることにした。だが鞄は窓ガラスに当たって跳ね返り、無様に床に落ちた。いきり立った俺はさらに何度も鞄を叩きつけ、足で蹴りさえもしたが、ガラスはびくともしなかった。

「……何なんだよ。強化ガラスかよ。閉じ込める気まんまんじゃねえか」

暴れまくったせいで俺は肩で息をし、壁に背中をついてそのままずるずると床にへたりこんだ。頭を掻きむしり、どうしてこんなことにと自問する。

この街に来てから、妙な出来事に遭ってばかりだ。盗撮魔はもちろんだが、みんながみんなタブレットやラップトップを見ているコーヒー店も妙だったし、駅の改札もおかしかった。雑木林へ勝手に入っても、民家の人間が怒って出てくることもない。そもそも、住民をほとんど見かけないんだ。集合郵便受けはひとつも表札が出ていなかったし、303号室に入っていったオバチャンと女は今どこにいるんだろう。考えてみれば、あの留守だと教えてくれたのも、なんだかドラクエの親切な街の人みたいだった。

「あっ」

ボイスチェンジャー。今のスマホならアプリでも簡単に声質を変えられるくらい手軽なもの。

盗撮魔から送られてきた弟のものだという音声データ──「実は新しい人が入ってくるんだ。その人を見ててほしい」──あのセリフを言ったのは間違いなくあの時のリーマンだ。たまたま同じセリフを吐くなんてそんなことあるもんか。リーマンはあの言葉を録音してボイスチェンジャーで弟の声に似せ、盗撮魔に送ったんだ。俺の隣でぽちぽち操作していたのはそれだったんだ。じゃああのリーマンが弟を誘拐した犯人？

いや──そもそも弟が誘拐されたという話自体が怪しい。盗撮魔は本当にそう信じてるが、本物の弟は、おそらく、どこかでのんびり平和な毎日を過ごしている。わざわざネクストのアカウントを取ったりせず、ここに越してきてもいないし、『フレディVSジェイソン』のリバイバル上映も観ていない。

弟のネクストのアカウント自体が、〝釣りアカ〟なんだ。なぜなら、あのアカウントから一枚も写真がアップされていないから。

エックスにしろインスタにしろ写真合戦のSNS時代に、写真を上げない理由。上げないんじゃなくて上げられないんだとしたら？　カメラに詳しいやつってのは、誰が撮ったのかわかる。特にあの執着心の強い兄貴なら、弟の写真はどんなものかわかってるだろう。もし偽装したら一発で見抜くはずだ。弟を装った釣りアカはそれを避けた。

盗撮魔はカメラと盗撮の技術にしか詳しくない。ネットには振り込め詐欺で騙されるオジイチャン並みに疎い。だから釣りアカだなんて気づきもしないで、のこのこここにやってきて、あそこでずっと、言われるままに盗撮ごっこをしている。

そう、そして俺も同じように、のこのこやってきちまった。

はじまりはフレディの投稿が俺の前に現れたことだと思っていたが、違う。ネクストだ。俺は馬鹿だ。そこまで大きくて優良なサービスができたらネット記事が騒ぎ立てるはずで、俺のアンテナに引っかからないわけがないのに、気づかなかった。

なぜならあのネクストは、俺や盗撮魔を釣るための、地下ＳＮＳだから。

投稿者はほぼｂｏｔで、釣りアカウントがひしめいている。フレディも釣りアカのひとり。あれは実体のない、俺をここにおびき寄せるためだけに作られた存在なんだ。

そう結論づけ――自分で「馬鹿馬鹿しい」と笑った。

いくらなんでも、そんな手間のかかること誰がするか。あのネクストのシステムは、たとえ利用者のほとんどがハリボテのｂｏｔで、本物は一割にも満たなかったとしても、表面を取り繕うだけでも相当な手間と人件費がかかっているはずだ。というか、だから俺は信用しちまったんだが、俺と盗撮魔を狙うためだけに、そんな大金と労力を割くわけがない。たとえばもし俺を陰湿なストーカーと一緒にして、警察に突き出したいと考えたやつがいるとしたら、こんな回りくどいやり方をせずにさっさと通報すりゃいい。

じゃあどうしてこんなことに？

結局堂々巡り、同じ問いに戻ってしまって頭を抱える。詐欺は元手にあまり金をかけないのが普通だと思っていたけど、もう違う時代なのかもしれない。

「ネクスト、あんたは俺に何をさせたいんだ？　まさかここで俺を拘束して、正しいネットリテラシーを持つクリーンな人間にして、人を追跡したりしないように矯正するのか？」

すると暗く沈んでいたタブレットが白く光り、勝手に再起動をはじめた。そして駅を出た時に聞いたのと同じぴんぴろりん、という音が聞こえ、どこも触っていないのにネクストのアプリが立ち上がった。

新規のメッセージが来ている。盗撮魔じゃない。投稿者はフレディだった。

『さすがの推理力だった。僕の居所まで突き止めてくれて嬉しいよ』

「どういたしまして。そちらこそ名演技だったよ。騙されちまった。そういや顔は一切見えなかったし、さっきも誰が帰ってきたのか、姿までは認識できなかったからな。釣りアカを見抜けなかった俺のミスだ」

いつの間にかマイクがオンになっていて、俺のしゃべったとおりに投稿される。手間が省けて助かるよ。

『本題に入る前に聞きたいんだけど、君はネットリテラシーを身につけたいのかい？』

「まさか。そんな風に見えるか?」

『それを聞いて安心したよ。ひょっとしてRECさんと話したことで、僕らを敵認定しちゃったら困るからさ。それでもうストーカーもやめたくなっちゃったとしたら、本当に申し訳なくて』

フレディからのメッセージに目を走らせた直後、玄関の呼び鈴が鳴った。ピンポン。ピンポーン。慌てて立ち上がって、走るまでもない短さの廊下を走る。しかし相変わらずドアは開かない。

「おい、何なんだよ!」

すると新聞受けがほんの一瞬開き、分厚い封筒がずるりと内側に入ってきた。腰をかがめて抜き取ると、クッション性のある封筒に、中身はラップトップで、Wi-Fiのパスワードのメモが貼ってある。ラップトップは新品だったが、起動させてみて驚いた。俺が普段使っているのとほとんど変わらなかったから。仕様もソフトも、デスクトップ上にあるアイコンも全部、再インストールされている。入っていないのは仕事で描いたイラスト類くらいだろう。

『その中の〝リスト〟を開けてみて』

言われるままに、デスクトップのコマンドから〝リスト〟をタップして開いた。たちまち数え切れないほどの量のデータが、上から下へと流れていく。

『確認したかい？　最初に任せたい仕事がこれだよ。リストに載った人たちがどこに暮らしているか、どんな生態なのかを調べてほしい』

「……何だって？」

『人間観察だよ。好きだろ？』

開いた口が塞がらない、とはこのことを言うんだろう。個人情報を漁りまくって金にするつもりか？　ふざけんなよ。

「まさか釣りアカで誘った上に監禁する理由ってそれか？」

『ダメかい？　好きなことはいくらでもやりたいはずだが』

「限度ってもんがある。それに無報酬じゃ……」

『無報酬なんかじゃないよ。報酬あり、住まい家具完備・三食昼寝付き。好条件だ。まずはこのアパートに住んでもらって、それからスキルレベルに応じて段階的に良い住まいに替えてあげる。それに、リストにある観察対象者は一般人も有名人もミックスしてあるから、やりがいはあるはず。きっと楽しくてたまらなくなるよ』

そのコメントと共に写真が投稿された。フレディのアカウントからだ。その写真に写ってる人間は、首から下は筋肉質で、ガリガリ痩せ男の俺とは違う。だが今回の写真にはモザイクがかかっていない。顔が丸見えだった。しかもその顔は、最悪なほど趣味が悪い。

「どうしたんだ、それ。すっげえキモいんだけど」

それは俺の顔だった。ただの顔じゃない。うまい具合にしわが増え、でも表情は柔和になって、十年ほど時間を進めさせた俺の顔だった。髪を伸ばしてかっこつけている。

『君の顔写真を拝借して、加工したんだ。いいだろう？』

「いい気分はしない」

次の投稿には動画がついていた。うんざりしながらも好奇心には勝てず、再生ボタンを押す。年を取った未来の自分がにっこり微笑み、機械で加工したらしい声でしゃべった。

『この街にいて僕らと一緒に働けば、こういう素敵な未来を送ることができるよ。ここはいい街だ。空気もいいし、煩わしいものは何もない。好きなだけネットに漬かれるし、農業体験とかアクティヴラーニングもできる』

「嫌だと言ったら？」

『君に選択肢はない。そもそも街からはもう出られないし』

「はあ？」

『駅のアーチだよ。出る時に音がしただろ。あれで君のスキミングは完了してるから、もし逃亡したら、一瞬で君にまつわるデータが全世界に流出する』

「……犯罪じゃねえか！」

『今更何を言っているんだい？　僕らが、君がいい人生を歩めるように助けてあげる善人だとでも？　冗談。悪党は悪党同士、協力し合おうじゃないか。みんなで能力を持ち寄ればすごいことができる。そのための投資なんだよ。まあ超過疎化してた街の自治体には、町おこしの一環って言ってあるけどね』

「まさかこの街にいる人たちは──」

『うん、だいたいね。僕らの誘いに乗っかって滞在している仕事人さ。みんなタブレットやラップトップを持ってただろ。君も一緒に仕事しないか？　断らない方が身のためだと思うし、人生楽しいと思うんだけど』

　俺は頭を抱えた。こんなの絶対に飲んではいけない案件だ。でも後ろ暗い趣味を持つ人間にとって、データの流出ほど恐ろしいものはない。さすがに俺だって、自分のやってることが犯罪すれすれだっていう自覚は、ないわけではなかった。データが流出して俺の趣味がまわりにばれたら、逮捕は免れても社会的な死はきっとやってくる。

「あのリーマン、ひょっとしてあんたか、フレディ」

『ああ、それは違うよ。あれはただの役者。役者も色々揃えていてね、RECさんをこの場に留めておくのに、弟さんの声質に少し似てる人を起用したんだ。まあついでに君の監視もしてもらおうと思って、喫茶店に入れたんだけど、近づきすぎちゃって逆効果だったよね』

「隣の席に座ってくる監視者がいるかよ」

『まあまあ。僕らだって完璧じゃないよ。でも結果的にアパートに戻ってくれて良かった、フレディの投稿をして興味を引きつけようかなと思ったんだけど、それよりも気になることがあったみたいだね』

「……盗撮魔のことをどうにかどかそうと思ったんだ」

『どかさないでよ、彼は大事な監視者なんだから。まず新参の人はこの部屋で暮らしてもらう。その様子をRECさんに観察してもらう。何の問題もなければ、次のもっと広いマンションに引っ越せる』

「まさかあの盗撮魔には、弟を心配させることで釣って、今でも種明かししてないってことか？」

『仕方ないだろう。生真面目なRECさんは、こっちの話をまともに聞かない。スパイ映画のヒーローにでもなったつもりでいるよ。弟を救うためにこの部屋を監視している。本当は別の街でぴんぴんしてるってのにね』

「あいつは弟が戻ってくると信じてるんだぞ」

『それも仕方がないよ、そういう妄想に取り憑かれちゃったんだから。弟さんをダシに使って後戻りできなくなっちゃったのはこっちのミスだけど、まあそういうこともある。このまま演技を続けるよ。彼はヒーローになりきれるし、ウィンウィンじゃないか？』

「あいつが真相に気づいて、本物の弟を捜しに行ったら？」

『大丈夫、あの人のスキミングも済んでるし、この街の実体の話なんて誰も信じないさ。それにもし更生しようとしたら処分するんだ。……大丈夫だって、そんな絶望的な顔しなくても、勤続五年で外に出て自由になる権利は買えるよ。他言したら即刻データ流出の刑だけどね。だからしっかり働いて、ばりばり稼いで！』

そう言うと画面は真っ白になり、ネクストは消滅した。アプリも忽然と姿を消し、設定でアプリを確認しても、ダウンロードした形跡すら残っていなかった。


翌朝、やっとドアが開き、ここ302号室に家具が運ばれてきた。引っ越し業者が大勢やってきて、ベッドだの、折りたたみテーブルだの、座椅子だのを部屋に設置していく。それはまるでフレディが投稿した写真の部屋を作っていくようだった。

外に出ると、303号室に入っていったはずのオバチャンが、一階の駐車場にいた。首元に白いケープをかけて、脇に立っている人にメイクを直されている。その後ろに、あのちっとも似ていない若い女が立って、ぶつくさ言っていた。

「昨日オバチャンたら、セリフ間違えちゃったんですよ。空室って言うべきところを、留守って言っちゃって」

「やだ、ちょっとの間違いじゃない。スタッフさん、あたし名女優ですから。安心してね」

その会話を聞いて、一瞬すべてが演技で、ドラマの撮影であればいいな、と思った。だけどそれをにこにこ笑いながら聞いているスタッフたちの全員が、〝ネクスト〟の腕章を左腕につけているのを見ると、気分が萎えていく。この街で一般人に見えるやつらはみんな仕込みというわけだ。オバチャンもあのリーマンも、みんな釣りアカと一緒。

俺はフレディに言われたとおり、仕事をはじめた。死ぬほど多い量の人間観察をするのは、正直、ちっとも面白くない。何のスリルも感じられず、今となっては、あれだけ熱狂してSNSを追いかけていた日々が幻に思える。

時々、エアコンを見上げる。横の小型カメラはつけたまま外していない。弟が帰ってくるはずの部屋に俺が住んでいることを、あいつはどう思っているんだろう。あいつがあのレンズの向こうにいると思うと、少しだけ、俺はまだマシなんじゃないかと思える。

いや、盗撮魔はもしかしたら、俺を見ながら、自分の方がまだマシだと思っているのかもしれない。

饑奇譚

僕の足の上をカメムシがゆっくり歩いて行く。ぷっくりした体でよちよちと、僕の小指、ゴム草履の緒、そして足の甲の方へ。

厨房から落ちる四角い灯りの中にいる時、カメムシは黄色っぽくなり、うずくまっている僕の黒い影の中に入ると、緑色が濃くなる。さわさわした動きがくすぐったい。このままだと足首に到着する。すねを登って膝まで来るつもりだろうか。

カメムシは知らないんだ、今、登っている場所は恐ろしいほど力が強い怪物の足で、気分次第で一瞬で殺されてしまうことを。でも僕はカメムシを殺さない。

足首のくぼみに着いて、カメムシはやっと人間の上にいることに気づいたのか、方向転換すると、ぱっと翅を開いて飛んでいった。建物と建物のわずかな隙間を——壁を這うパイプやダクトのまわり、ひしめく看板、真っ暗な上から降り続ける汚れた雨粒の中を、カメムシは飛んでいった。

僕はぼんやりと、カメムシが飛んでいった先を見上げた。どの窓にも脇に換気扇のプロペラがついていて、ぶんぶん音を立てて回っている。壁の出っ張りや柵から洗濯紐が外に渡してあり、干しっぱなしの布巾やシーツ、股引なんかがぶら下がって、ぽたぽた滴が落ちている。

カメムシはあちこちに並んだネオンよりも高く飛んだ。ネジ巻屋の青い看板、とかげ肉屋の赤い看板、石炭屋の黄色い看板、床屋のピンク色の看板の、ずっとずっと先まで。きっと、僕にもどこまで続くのかわからないこの高い高い建物の終点で、カメムシは翅を休めるんだ。

じっと見ていたら、上の方のパイプがぶしゅっと蒸気を噴き、そばにあった植木の葉っぱがびしょ濡れになった。別の方角で誰かが騒ぎはじめ、穴熊肉屋の窓が開いておばさんが顔を出し、向かいのひび割れた窓に叫んだ。いつもの光景だった。僕の目の前を、タオルで頬っ被りした炭焼き人が通る。煙突付きの荷車を押しながら客を呼ぶその声は、見た目と同じように煤けている。

この場所をみんな〝底〟と呼んでいる。でも建物の上の方に住んでいる人も自分たちの場所を〝底〟と言うので、どこが本当の〝底〟なのかわからない。ちなみにマンホールの下も〝底〟だけど、僕は〝もっと底〟と呼んでる。

〝底〟の反対は〝上〟だ。でも誰も、〝本当の上〟は見たことがない。〝本当の上〟は年に一回、〝大放出〟をする。

そして明日はちょうどその日だ。

僕は厨房の裏口の軒下、蠅がたかる残飯入れの横で、すねのかさぶたを掻いている。爪の間に死んだ皮膚が溜まるので、親指の爪でえぐって出す。背後からは、父さんが包丁で何かを叩き潰す音、脂で炒める音、鉄鍋がコンロにこすれる音、そして客の笑い声が聞こえてくる。魚とトリモドキの骨のスープに、魚醬(ぎょしょう)のむわっとしたにおいが絡みつき、このあたりの洗濯物も壁も人も空気も雨も、全部同じにおいにしてしまう。でもどこもかしこもそんな感じなので、みんな気にしない。

うちのお客は食事を終えると、たいてい、爪楊枝(つまようじ)で歯の間をせせりながら、向かいのお茶屋の丸いプラスチック椅子に腰かけ、のんびり湯呑みを傾ける。道幅は狭く、大股四歩で着いてしまう距離だ。

雨は止(や)まない。軒は小さいので、膝を伸ばせばすぐ雨粒に当たる。でも誰も傘を差さない、それだけで路地がいっぱいになってしまうから、みんな濡れながら歩いている。通行人はよくこっちを見る。でもだいたいは、僕の後ろの食堂に興味があるんだ。

今日は〝大放出〟前夜、千客万来。誰も彼もが胃袋に何かを入れたがる。父さんは巨体から飛び散る汗をも鍋に入れながら次々と料理を作り、チリチリ頭の女の店員が運ぶ。でも僕の番はまだ。

すねのかさぶたを掻きむしり続けていたら血が出てきた。いい加減掻くのをやめようと顔を上げると、向かいのお茶屋と外階段との隙間に、六つの目が光っていた。汚れた子どもが三人。たちまち僕の胸はちくちくと痛む。お腹を空かせているんだろう。でも駄目だ、追い払わなきゃ——僕は道ばたの小石を取った。その時、真上から声がした。

「ねえ、おくれよ」

ぎょっとして見上げる。二階の鉄階段の踊り場に、もうひとり子どもがいた。よくこのあたりをうろついてる浮浪児だ。いがぐり頭で、鼻の下に青っぱなをこすった痕がある。僕は首を横に振って駄目だと言うけど、そいつはへらへらするばかりで、行ってくれない。

「なんでだ。以前はくれたのに」

「あっち行けよ！」

「ここに来りゃ、残飯もらえるってみんな思ってる。裏切るつもりかこの野郎」

「裏切ってなんかない。今年からはもう駄目なんだ。あげないいんだ」

「ひでえやつだ！　この歌を聴いてもか？　——〝大放出〟の前夜なら必ず飲むこと食べること！」

「うるさい！」

僕は摑んでいた小石を見せ、投げる真似をした。でもやつは全然動じない。こっちが本気じゃないと思ってるんだ。僕は奥歯をぐっと嚙み、悩みながら振りかぶって――その時、すぐそばで声がした。

「じゃあ、ひとっ走り行ってくんね」

うちの食堂から、若い配達員の〝お下げ〟が、生白くてすらっとした足で原付バイクにまたがるところだった。これには上の子どもも驚いたのか、鉄階段を走って遠ざかっていく音が聞こえ、上を見ると、いなくなっていた。

配達用原付バイクの荷台には鉄の天秤鉤(てんびんかぎ)がある。そこに、裏口から出てきたチリチリ頭の女の店員が、たぷたぷした編み袋をぶら下げていく。中身は出前先に届ける料理だ。

「支払いをちょろまかすんじゃないよ」

チリチリ頭がお下げに言う。

「ちょろまかさんよ」

「明日は〝大放出〟だからね。ツケ払いしてる連中が都合よく消えちまわないように、しっかり食わしておくんだよ」

「はあい」

お下げは間延びした声で答えると、二本の三つ編みの上からヘルメットをかぶり、エンジンをふかして濡れた道を走っていった。僕は残飯入れの青いバケツの陰に頭を引っ込める。チリチリ頭は気分で殴ってくるからだ。

「ねえあんた」

見つかってしまった。いやいや顔を上げると、オレンジ色のタンクトップに、ものすごく大きな胸が突き出している。閉店後の食堂で、この巨乳を父さんが揉んでるところを何度も見た。

「ほら、あんたのお母さんの食事の時間だよ。早く持っていかないとぶつからね」

チリチリ頭の後ろ、カウンターの上で、母さん用の白い碗が湯気を立てていた。父さんはこっちを見ない。丸くずんぐりした背中をこっちに向けて、鉄鍋に集中している。

アスファルトの暗くて湿った階段、飛んでくる蛾を避けながら、一歩ずつゆっくり上がる。陶器の碗は熱すぎて、縁のぎりぎりのところを持たないと、落としてしまいそうだ。父さんは母さんのことを思って温かいものを出しているのか、それとも僕をやけどさせたいのか、わからない。碗の中身は白根とトリモドキの揚げ煮。下にほんの少しお粥が沈んでいて、浮かんだ油の丸い円に、緑のネギが散っている。鳩尾のあたりがぎゅっと切なくなり、僕もお腹が空いていることを思い出す。

灰色の壁や階段は雨のしみであちこちが黒い。雨樋からびしゃびしゃ溢れ出る水をまたいで、二階に入る。暗い廊下、半開きのドアから聞こえる喧嘩の声、転がったゴミバケツから太ったネズミが飛び出して、巣穴へ逃げていく。閂屋の屋台の爺さんは、持ち手を壁にもたせかけていびきをかいて眠っていた。小鳥屋の前には鳥かごがたくさん並び、鮮やかな水色や黄色、ピンク色の小鳥たちが、くちばしを羽にうずめている。その隣には、水で重たげに膨れた、金魚の袋が連なる。

階段は外だけじゃなく中にもたくさんあって、馴れていない余所者はよく道に迷う。いや、僕よりずっと長くここに暮らしている婆さんも、ちょくちょく途方に暮れた顔をしてぼんやりしているし、僕の母さんも今では道がわからなくなってしまった。

門屋と書き物屋の汚れた看板を抜け、狭苦しい階段を潜るように上り、母さんのいる病室に着いた。

ここはいつもお香のにおいが立ちこめている。ひとつひとつの部屋はとても小さく、蜂の巣みたいに縦横に並んで、横たわるためだけに作られている。中で座るにも骨が折れ、首や腰をぐっと曲げないと食事もまともにできない。この蜂の巣にかかった梯子を動かし、母さんが寝ている病室までずらすと、お碗の中身がこぼれないよう慎重に、片手で梯子を登り、二重になっている蚊帳をめくった。

「母さん、起きてる?」

ここは静かで清潔な洞穴だ。ドアの代わりの蚊帳の先に、おぼろげな輪郭が見える。布団から上半身を起こした母さんがこちらを向いた。僕はお碗をいったん床に置き、薬棚からアセチレンランプとマッチを取って火を点けた。ランプは、コオオ、と音を立てて、細い橙色の火を立てる。すると母さんの痩けた頬、大きな目、長い髪が浮かび上がる。

「母さん、ごはんだよ」

ここに来る間に雨粒がたくさん入って、だいぶ冷めてしまったお碗を布団の傍らに置く。お碗から手を離してすぐ自分の指を握り、震えに気づかれないようにした。

「食べて」

「お前は食べたのかい？」

母さんは鈴が鳴るような声で話す。

「あたしだけじゃなくて、他の子にも食べさせてやりなさい。明日は〝大放出〟だろ？黙っててもわかる」

そう、明日は確かに〝大放出〟の日だ。でも母さんは年に一度の〝大放出〟を毎日あるかのように、何百回も同じことを言い続けていて、きっと明日もそう。

蠟のように青白い手、下の骨が透けて見えるくらい痩せた手が、闇の向こうから伸びてお碗をこっちに押し返してくる。僕ができることは、お碗を置いてここから出て行くことだけ。

母さんの目はぎらぎらしている。

「飢えている子は他にもいるでしょう。たくさんの子どもが飢えてる。うちは料理屋だから、たくさん食べるものがある。渡してあげなさい」

母さんの声がどんどん高く、張り裂けそうになる。

「あなたは優しい子でしょ。優しい子は、他の子にもごはんをあげるのでしょう？」

僕はただ嵐が過ぎ去るのを待つ。お碗の油が揺れている。

母さんは絹を裂くような声で悲鳴を上げると、大きく息を吐いてうつむき、長い髪で顔が隠れた。この隙に僕はそっと後退って、音を立てないよう気をつけながら梯子を下りた。まだぶつぶつと声は聞こえるけど、飲み込まれる前に、蜂の巣の病室から出て行く。

母さんがこうなってしまったのは、僕のせいだ。

〝大放出〟は年に一回だから、あれからちょうど一年が経ったんだ。あの日、僕は誰も飢えて〝大放出〟の日を迎えないようにって、「お腹が空いていませんか、大丈夫ですか」と店の前で呼び込みをしたくらいだ。だから飢えた人が残飯を漁りに来ても叱らなかったし、孤児がこっちを見ていたら、僕の方からごはんを持っていった。

僕は焦っていた。不安の種がひと粒、心に植わってそわそわしていた。いつも食事をねだりに来る幼い兄弟が、その日に限って来ていなかったのだ。閉店時間ぎりぎりまで待っても来なかった。

もうじき日付が変わってしまう。僕は残飯の椀を持って兄弟を捜しに出かけた。

迷宮の建物のあちこちを歩き回り、やっとボイラー室でふたりに会えた時、日付が変わる寸前だった。ボイラーが壊れて倒れ、兄の方が足に怪我をしたせいで歩いてこられなかったのだ。僕はふたりに食事をさせ、僕も念のためひとかけ食べた。その時、日付が変わった。〝大放出〟がはじまった。

怪我の手当てをし、ふたりを寝どころに送ってから来た道を引き返したので、家に帰りつけるまでに、二時間以上経っていた。そして家に帰ると、伯父さんが僕を捜しに外へ出て、一年間溜め込んだ太陽を浴び、一瞬で焼け溶けてしまったって、父さんが言った。その後ろで母さんがずっと叫んでいた。僕に何かあったんじゃないかと思ったのに、僕がなんともなく、浮浪児に施しをして帰ってきたので、伯父さんは死に損だと叫んでいた。誰も〝大放出〟がそもそも悪いだなんて言わなかった。

大好きだったお兄さんを失った母さんは、それから僕に「施しをしろ」と繰り返し言うようになった。「施しは伯父さんを犠牲にするくらい、正しく尊い行いなんでしょう」と。

病室に入った後も、母さんはなんだかんだ言いながらごはんをいつも食べる。反対に、今の僕は腹ぺこだった。

母さんの病室を出て店に戻ると、中は暗く、客はみんな帰っていた。磨りガラスをはめた引き戸の向こうに、アセチレンランプの橙色の光がひとつだけ見えて、チリチリ頭がくすくす笑い、父さんは低く唸り、机や椅子ががたがた音を立てる。これじゃ厨房に入れない。

向かいのお茶屋でお粥を分けてもらおうかと思ったけれど、建物の扉にはもう錠が下ろされていて、外に出られなかった。鍵を持っているのは父さんだけ、仕方なく、扉のはめ込み窓から外を見る。お茶屋の店主が錆びたトタンの雨戸で店のまわりを塞ぐ最中だった。

道もがらんとして、すでにひと気がない。〝大放出〟前にお腹を膨らませて、家に帰ったんだろう。他の家々も、窓や扉を板だのカーテンだの新聞紙だので塞ぎ、〝大放出〟の光が入ってこないようにしていた。外は人影も灯りもほとんど見えない。

その時、原付のエンジンの音がして、出前に出ていたお下げが帰ってきた。僕はお下げがこっちに気づくまで窓ガラスをこつこつ叩き、原付を押しながら近づいてきた彼女に「何かちょうだい」と言った。

「お腹ペコペコなんだ。夕飯を食べ損ねちゃった」

「……悪いけど、なんも持ってない」

窓越しに、お下げは気の毒そうに首を振って、店の方を見る。溜息の下に隠れている言葉が同情だってことは、僕が占い師でなくたってわかった。

「残飯でもいいから。扉の下から差し込んで」

「ゴミバケツは空っぽだよ。さっき残飯リヤカーとすれ違ったから、あんたの父ちゃんが売っちまったんだと思う」

「……そうか」

「ごめんな。まあ、〝大放出〟のことは……たぶん、大丈夫さ。死にゃあしない。明日になったら、父ちゃんに食べさしてもらいな」

そう言ってお下げは行ってしまおうとする。僕は思わず呼び止めた。

「待って！　だって、もうすぐ日付が変わる……」

するとお下げはにやっと笑い、いじわるな顔で戻ってきた。

「怖いの？　〝大放出〟の呪いが？　あの歌を信じてるの？」

「だって、チリチリ頭だって言ってたじゃんか。〝大放出〟で消えちまわないように、しっかり食べさせるんだよって」

「借金がかさんでるやつらが、体よく迷信に便乗して逃げてるだけだよ。あたしは〝大放出〟前に腹を空かせてたから消えちゃったやつなんて、誰ひとり知らないもん」

「そうなの？」

「そうだよ。あんなの迷信。みんな騙されてるだけさ。ほら、さっさと寝ちまいな」

今度こそお下げは行ってしまった。

店の方では父さんと女の声が絡み合って、ガラス戸ががたがた震えている。僕はお腹を空かせたまま、家へ帰るしかなかった。

家は厨房と階段の間の狭い廊下を通った先で、べこべこにへこんだドアが三つ並ぶうちのひとつ。正確には真ん中の緑のドア。反対側の壁にはパイプが二本走っていて、赤いペンキで塗った蛇口と青いペンキで塗った蛇口がある。普通の水と、裏口のボイラーで沸かしたお湯をここに引いていて、近所の人は盥を持ってきて垢を落とす。今は隣の建物に住んでる婆さんが湯浴みしてる最中で、萎びた茄子みたいなしわくちゃのおっぱいをなるべく見ないように、後ろを通り過ぎた。

家のドアを開けてサンダルを履いたまま土間を上がり、洗い場に突っ込んであるひしゃくに蛇口の水を注いで、直に飲む。やっぱり、ぐうぐう鳴るお腹は騙されない。母さんのごはんを食べてしまえばよかった、と思ってしまい、慌てて首を振る。お下げに笑われてしまう。何も食べずに明日を過ごして、明後日になったら、お下げに自慢してやるんだ。僕は本当に、お腹を空っぽにしたまま〝大放出〟の日をまたいだって。

「〝大放出〟の前夜なら必ず飲むこと食べること」

店の前で孤児が当てこすりのように歌った遊び歌を、僕も口ずさんでみる。

「でなきゃきみは消えちゃって誰の目にも見えやしない」

僕の声が反響して消える。まあ、〝大放出〟の翌日に、お茶屋通りに住んでたヨーヨー売りの兄さんが姿を消したっきり戻ってこないとか、紫のネオンが派手な娼館の姉さんが一度に三人も行方不明になったとか、そういう話は聞く。でも人がいなくなることなんてしょっちゅうだし、それより、〝大放出〟の最中に外に出る方がよっぽどまずい。僕の伯父さんみたいに、焼け死ぬことになってしまう。

「眠らなくちゃ」

誰もいない部屋でひとり言を呟いて、部屋に吊るしたハンモックによじ登る。アスファルトの床はパイプから染み出した水や流れ込む雨でじめじめと濡れ、とても寝られないから、一階に住む人はこうしてハンモックで眠るんだ。

遠くで鐘が鳴っている。夜を告げる音だ。今は九つ鳴ったけど、十二回鳴ったら〝明日〟になる。あの鐘だけが僕たちに時間を教えてくれる。年寄りは、昔は朝になると東から太陽が昇り、夜になると西に沈んだと言うけど、嘘だと思う。太陽は年に一度、〝大放出〟の時だけ輝くものだし、あんな恐ろしい太陽が毎日現れるわけがない。

父さんは今日も厨房で寝るつもりだろう。別に寂しくない。ぐらぐら宙ぶらりんのハンモックの中で寝返りを打つと、お腹がぐうと鳴った。

本当に、歌のとおりだったらいいかもしれない。僕が消えちゃっても泣いてくれる人はひとりもいないんだし、明日も明後日もその先も母さんに食事を運んで、そのたびに伯父さんのことを思い出すよりは、マシだと思う。

目をつぶって暗い闇と向き合う。闇にはうにょうにょした光の筋がいくつか浮かんでは消え、やがて夢と区別がつかなくなった。

鐘が十二回鳴った。

『本日は〝大放出〟の日。外出厳禁。外出厳禁。禁を破った場合、我々は責を負わない。繰り返す。本日は〝大放出〟の日。外出厳禁……』

放送の最中から、ガラガラバリバリという、門や雨戸、シャッターなどなど、光を遮るあらゆるものが動く音がする。

僕は体をよじって、ハンモックから転がるように床に下りた。家の中はがらんとして、思ったとおり父さんはまだ帰ってきていなかった。それよりもお腹が空きすぎて気持ちが悪い。厨房にはもう入ってもいいだろう。何か食べたい。食べないと胃液を吐いちゃいそうだ。

〝大放出〟の日は、十二の鐘が鳴らされてから少しだけ猶予がある。その間にみんな準備を整えられるから、「上はいいやつだ」と言うおじさんもいるし、「いや、こんなところに閉じ込めて光を浴びせかける、悪魔のような連中だ」と言うおばさんもいる。十三の鐘が鳴ると〝大放出〟がはじまり、僕らは建物の中だけで過ごす。でも不便はない。一日だけだし、だいたいのものは揃っているし、隣の建物とは蟻の巣みたいに渡り廊下で繋がってるので、外に出なくたって行きたいところに行けるから、みんな普通に過ごす。

家の外に出ると、並んだ蛇口の前で裸のおじさんたちが湯浴みをしていた。そのまわりをパンツ一丁のガキんちょが走り、木箱を肩にかけた移動煙草屋が「煙草オ、煙草オは、お買い忘れでないかねえ」と歌うように口上を述べながら通り過ぎる。僕は真っ直ぐ通路を行き、店へ向かった。

磨りガラスのはまった引き戸の向こうから、父さんの大きないびきが聞こえる。重い戸を少し持ち上げるようにしてがたがたと引き、隙間から体を滑り込ませた。父さんは店の隅っこのテーブル席で、右腕にチリチリ頭を抱いて眠っている。僕は足音を立てないように、ネズミの気分で厨房の中へ入り、コンロに置きっぱなしの鍋の中や琺瑯のボウルを覗き込んだ。

流しの横の皿に、化け茄子の油佃煮(つくだに)を見つけた。汁をたっぷり含む黒々とした化け茄子をひとつ指でつまんで、口に持っていく——その時、化け茄子が翅を開き、僕の手の中で暴れはじめた。ゴキブリだ。紛れていたんだ。僕は慌ててゴキブリから手を離して、台ふきで指を拭う。

その時、十三回目の鐘が鳴った。

直後に近くで爆発が起きたように建物が揺れ、目が眩(くら)んだ。店の隙間という隙間から光が差し込む——〝大放出〟だ。威力は強烈で、トタン板に開いた小さな穴や、板と板の間の狭い隙間から漏れる糸みたいに細い光さえ、眩しくてたまらない。光が当たり続ける壁や床にはうっすらと焦げ痕がついていく。

僕はなるべく光を見ないように気をつけながら、今度こそ化け茄子の油佃煮を食べようとした。

おや、と思った。

皿がない。こんもりと盛られていた、黒々とした化け茄子も忽然と消えている。全部ゴキブリだったとか？　まさか。

厨房の台の上や下を捜してみても、化け茄子は見当たらない。他に何か食べるものはないかと探してみたけれど、ここは本当に料理屋かと言いたくなるくらい、肉のひと欠片、野菜の尻尾すら、残っていなかった。仕方ない、ここは父さんを起こしてねだろうと、厨房のカウンターから店内を見た。けれど父さんもチリチリ頭もいない。慌てて厨房を出てあちこち捜し回ったけれど、ふたりは消えていた。

出て行った気配なんてなかった。たとえ僕に何も言ってくれなくても、あの重い引き戸がうるさく鳴ったはずだ。でもそんなもの聞こえやしなかった。引き戸は僕が通った時のまま、子どもひとり分の隙間を空けて、知らんふりをしている。あんな狭い隙間を父さんが通れるわけない。

ぞっとした。大急ぎで店を出て父さんを捜す。チリチリ頭でもいい。けれども、じめじめした通り道も、家の前の湯浴み場にも、誰もいない。走り回っていた子どもたちも煙草売りも裸のおじさんたちも、煙のように消えてしまっていた。

外側にシャッターが下りていて真っ暗な階段を駆け上がり、門屋と書き物屋の看板の隙間を走り抜け、梯子を登って母さんの病室へ向かった。本当だったら、いつもだったら、蚊帳の向こうに蜂の巣みたいに並んだ寝台が見えるはず。けれども僕がたどり着いた場所は、知らない母親と父親が、小さな女の子と緑色のちゃぶ台を囲んで、楽しそうにごはんを食べている部屋だった。

「あの……すみません」

梯子に乗ったまま、床の縁に手をかけて思わず話しかけてみたけれど、三人の親子は僕を無視して、にこにこ笑いながらおしゃべりを続ける。

「それで同じ組の子たちがね、こう言ったの」

「あらあんた、お醤油がお洋服に跳ねているわよ。餃子(ギョーザ)を食べる時は気をつけないと」

僕は腹に力を入れた。

「あの！　ここにあった病室がどこに行ったか知りませんか？　僕の母さんは？」

それでもやっぱり、三人は振り返ってすらくれない。全然、ちっとも。まるで別世界の人たちみたいに、彼らだけの部屋で、皮で包んだ餃万(ギョウマン)みたいな代物とお吸い物を交互に食べ続けている。

諦めて梯子を下り、僕が道を間違えたんじゃないかと、あちこち捜し回った。けれども病室は見つからず、その代わりに見たことのない鉄の扉や、知らない階段、登ったことのない梯子が見つかった。

――〝大放出〟の前夜なら必ず飲むこと食べること　でなきゃきみは消えちゃって誰の目にも見えやしない――

心臓がばくばくして息が苦しい。歌のとおりなら、僕が消えちゃったのかもしれない。でも、ちゃんと目は見えるし、壁や看板、あちこちに触れる。おかしいのはやっぱりまわりだ。ここは元の建物じゃないし、知らない人たちがいる。何かがおかしかった。しばらくの間、僕は震えて、階段の隅っこの暗がりにうずくまっていた。お下げは嘘つきだ。お下げのことなんか信じなければよかった。試してやろうだなんて馬鹿だった。ちゃんとごはんを食べればよかった。けれどそれも、空っぽのお腹が悲鳴を上げるまでだ。僕はどうにか立ち上がって、食べ物を探しに出かけた。

建物の中は、やっぱりあちこちが変わっていた。いつもなら廊下に出るはずなのに、ドアを開けたら階段になっていたりとか、浸麺（ひたしめん）屋のネオンサインが、〝イボ・マメ・コロリ・落とします〟の琺瑯看板に変わっていたりとか。

ぎょっとしてしまうほど奇妙なものもたくさん見かける。階段の先に突然うずたかく積まれた汚れた上履き。誰かが壁にチョークで書き残した、無数の線。人が横たわった形のまま、脱け殻になった灰色の上着とズボン。時々生きている人間も見かけたけど、あっという間に逃げてしまうか、逆にぴくりとも動かず、黙ったまま焦点の合わない目で宙を見つめているばかりだった。

　薄気味悪さに汗をかきながら、建物から建物へと移動する。不思議なことに、建物の中身がこんなに変わっているのに、外では今も〝大放出〟が続いていて、わずかな隙間から強烈な光が差し込み続けていた。

　どのくらい歩いただろう。もう、どこの階段を上って、梯子を下り、渡り廊下を進んだかもわからなくなった。その時、声をかけられた。

「おい、坊主」

　振り返ると、見知らぬ爺さんがいた。小さな笠を帽子代わりにかぶり、ぼうぼうの白髪がはみ出していて、ツギハギだらけの上着に大きなリュック、擦り切れたズボンに、草履を履いている。爺さんはひどいがに股で、体中からカメムシみたいな悪臭がした。

「……何？」

　絡まれたり、お金をくれとせがまれたりしたら、全力で逃げよう。できるだけ距離を取って、なめられないように睨む。

「坊主、飯屋の子だろう」

「えっ？」

「そうだ……待て、店の名前を思い出す。ええと、忘れちゃならんことばかり忘れる

「……そう、瘦蛇飯屋の子だ。そうに違いない」

僕はまじまじと、改めて爺さんの頭の先から汚れたつま先まで眺めた。

「……肥蛇飯屋」

「そう！　そうそう、そうだった。まったく俺としたことが、瘦蛇じゃあなあ、正反対だもんな。ご主人はでっぷりよく肥えて、首の肉を切って茹でたら美味そうだった」

爺さんはいぇっへっへ、と不気味な笑い声を立てる。この人は僕を知ってる？　僕の店を、父さんを知ってる？

「……あなたは、誰」

「俺か？　そうだな、昔、坊主の店で飯をよく食ってた」

「お客さん？」

「ああ。瘦せたおかみさんがいたろう。ながあい髪をひとつにまとめて、赤いブラウスの襟元から尖った鎖骨が見えてた」

母さんのことだ。まだチリチリ頭が来る前、僕が伯父さんを殺してしまう前の。僕が黙っていると、爺さんは大きな黄色い目玉をぎろっと動かした。

「しかし坊主、なんでここにいる？　さては飯を食わなかったろう？」

おそるおそる頷く僕の顔の前で、爺さんはカメムシくさい息を吐く。この人、カメムシを食べて生きているのかな？

「いかんなあ。一度〝こっち〟に来ちまったら、もう駄目さ」

駄目。吐き気が込み上げてきたけれど、怖いせいか、お腹が空いているせいか、爺さんがくさいせいかわからない。

「〝こっち〟って何なの？」

「今、坊主が見てるこの世界さ！　元の建物とはあちこちが違ってるだろう？　腹が減ったまま〝大放出〟を迎えちまうと、落っこちる」

「どこに？　どういうこと？」

「〝こっち〟にさ！」

なぞなぞをしかけられてるみたいで、頭がくらくらしてきた。爺さんは僕が苛立ってるのを知ってか知らでか、にやっと笑うだけでもう答えてくれず、それどころかひょこひょこした動きで、どこかへ行こうとする。

「どこに行くの？」

「どこにでも」

「いい加減にしてよ！」

「嘘は吐いとらんぞ。〝こっち〟からなら、どこへでも行かれるのさ」

爺さんはがに股で、片足を引きずるようにしながら、よたよたと横に体を揺らして歩く。それなのに思ったよりも速くて、僕は慌てて追いかけた。深緑色の巨大なリュックを背負い、両手を広げてバランスを取りながら、曲がった膝で素早く歩く爺さんの後ろ姿は、まるで昆虫みたいだ。カメムシとか。

「どこへでも行かれるって、どういうこと？　〝こっち〟に来たらもう駄目なんじゃないの？」

「駄目だが、どこにも行かれないという意味じゃない。俺たちはどこへでも行かれるが、代償に元の形を失う」

「意味がわかんない」

「知りすぎちまうってことさ。〝上〟の連中よりも多くのことをね」

湿ったアスファルトの壁、バチバチと音を立てて今にも消えそうな蛍光灯、入り組んだ道と急な階段。爺さんは立ち入り禁止のロープをくぐり、汚れた指をくいくいと曲げて、僕を呼んだ。いいにおいがする。偽豚か、鱗ナマズのにおい。狭苦しい路地の壁にめり込むようにして、屋台式の店があった。赤い暖簾の下に薄汚い人たちが並んで、一心不乱に白い丼の中身を啜っている。もうもうと立つ湯気の向こうに、この店の主人の輪郭がうっすら見える——ふいに湯気が揺らいで、はっきり姿が見えた。金魚の頭。この人、人間の体に金魚の頭が生えている。びっくりしすぎて後ろにひっくり返りそうになり、どうにか後ろの壁にお尻をつけ、その場にしゃがみこんだ。

「食うんじゃないぞ、元の家に戻りたきゃ、空腹を我慢するっきゃない。ここらの連中はもう元に戻るつもりはないから、平気で食っているが」

「食べるわけない！　あんな金魚頭が作ったものなんて！」

思わず大声で叫ぶと、客たちがこっちを振り返った。

「何だ、あいつは」

「新入りか？」

「失礼じゃないか、あんなことを言ったら」

全員から叱られて、僕は涙を堪えつつ、あの人たちが食べている湯気を立てる赤黒い塊を見た。あれはいったい何なのか、知りたくもなかった。

爺さんは僕を屋台から引き離すと、小さな声で囁いた。

「あそこのご主人は昔、一匹の金魚を溺愛していたのさ。しかし〝大放出〟の前日に亡くしてしまって、胸が詰まって食わずに〝こっち〟に来ちまった。でもある時、金魚が生きている時間のドアを探し当てて、〝こっち〟に連れ帰ろうとしたら、頭がくっついちまったんだ。本当の世界じゃ、ご主人の頭が下水道をぷかぷか泳いでるかもしれないな」

汚泥が溜まった下水路に男の頭が浮かんでいるのを想像して、僕は鼻で笑った。

「そんなの嘘だ」

「嘘なもんか。じゃ、坊主はなんで金魚頭なのか、他に理由を説明できるか？」

僕は黙るしかなかった。

「世間にゃ、人間ごときにはわかんねえ物事がごろごろ転がってるのさ。なぜ腹を減らしたまま〝大放出〟を迎えるとこっちに来ちまうかもわからんし、そもそも〝大放出〟じたい、誰が何のためにあんな光をぶちまけてるのか、誰も知らん。みんなもう馴れきっちまって、なんであんなことするのか怒るやつもおらんし。中には、〝底〟で食べてるものに、おかしなことにならないための成分が含まれていて、食べ続けないと〝大放出〟のエネルギーに飛ばされて〝こっち〟へ移ってしまう、って主張するやつもいるが、俺に言わせりゃ眉唾だね」

爺さんは後ろを振り返り、さっきからちらちらこっちを見ていた屋台の客を睨みつけてくれ、客は慌てて自分の丼に戻った。

「さあ、そろそろ行くぞ。道案内してやろう」

「どこへ？」

「決まってるだろう、帰り道さ」

「家に帰れるの？」

爺さんは僕の肩をそっと押しながら廊下を奥へ進んだ。

「ああ、お前さんはまだ家に帰れる。以前とはちょっと違っちまうがね。こればっかりはどこへでも行かれる代償として、受け入れるしかない」

ぞわっと背筋が寒くなった。

「僕もさっきの金魚頭みたいになっちゃうの？」

「いや、もうちょっと違う。見かけが妙になるのは〝あっち〟のものを〝こっち〟に引きずり込んだせいだが、〝あっち〟に戻る時は、こいつが違ってくる」

爺さんは人差し指でとんとんと胸を叩いた。

「頭じゃなくて体？」

「うんにゃ、心さ。見かけは変わらんが、心の形が以前と変わる。まあ、どんな風にかは坊主次第だが」

廊下は奥まっていて、〝大放出〟の光さえ届かず、真っ暗すぎて先に何があるのかよく見えない。風が威嚇するように唸っている。気がつくと僕は爺さんの服の裾をしっかりと握りしめていた。

「ここにはいろんな時間がくっついてるのさ。ドアの向こうや階段の先、ぼろ布の下、ゴミバケツの中——覗いてみると、本当の世界のあらゆる時間の欠片が流れている。さっきの金魚頭も、ドアの向こうに隠れていた過去に頭を突っ込んで、ああなったわけだ。さところで、お前さんはなぜ〝大放出〟の前に飯を食わなかったんだ？」

「食べようとはしたんだ。でも、化け茄子の油佃煮を食べようとしたら、ゴキブリが紛れてて」

「なるほど。それじゃ、お前さんがゴキブリを食べる直前の世界に戻って、ちゃんと化け茄子を腹におさめればいいわけだな。〝こっち〟で何も食べず、〝あっち〟に戻って、〝あっち〟のものを食う。そうすれば問題はない」

僕のゴム草履はぺたぺたと、爺さんの草履はずりずりと足音を立てる。やがて暗かった廊下に、小さいけれど派手なネオンの看板がぽつぽつと現れはじめた。読める文字と読めない文字がごたまぜだ。

「あまりあちこち見るなよ。気になる看板を見つけても、絶対に立ち止まっちゃいかん。隙間を覗き込むのもな」

爺さんは言った。

「どうして？」

「やつらは誘ってくるからさ。だが誘いに乗るなよ。なるべくきれいな心で家に帰りたいだろう？」

きれいな心——「うん」と言わなければ爺さんがいつまでも僕から目を離してくれなそうで、とりあえず頷いたけれど、きれいな心でいたいだなんて思わなかった。

伯父さんを死なせて、母さんをあんな風に病ませてしまったのは、僕のせいだ。僕が他人に施しさえしなければ、ふたりとも今も元気で、僕もこんなところにいやしなかったろう。

その時、ふとひとつのネオンが目に留まった。吸い込まれそうに美しい青色の、ぴかぴか輝く文字で、〝あの日行き〟と書いてある。爺さんは僕が服から手を離したことに気づいていない。そのままずんずん歩き続けている。僕はひとりでこの場に立ち止まり、〝あの日行き〟をじっと見つめた。

ネオンの下には僕ひとりが通れるくらいの狭い隙間が空いていて、向こうから吹く風は懐かしいにおいがした。以前、母さんが使っていた軟膏（なんこう）のにおいだ。閉店した後の店の、ひとつだけ点けた白熱灯の下で、手に何度もすり込んでいた軟膏のにおい。僕を振り返って、頰に触れてくれると、べたべたするんだ。

ふらふらと、まるで磁石で引っ張られるみたいに、僕は〝あの日行き〟のネオンの下の道を行く。暗すぎて何も見えないのに、母さんのにおいがする風のせいか、全然怖くなかった。ようやく僕が離れたのに気づいたらしい、爺さんの呼ぶ声が聞こえてきたけど、振り返ろうとは思わなかった。

急に目の前に街が出現して、僕は立ち止まった。今は〝大放出〟の最中のはずなのに、外にいて、建物の上から下までびっしり埋める看板や、雨に濡れた狭い道、鳥かごのような格子をはめた窓、お茶屋から沸き立つ湯気なんかを眺めている。ここはいつもの店の前だ。満席の賑（にぎ）やかな店内をおそるおそる覗くと、母さんがいた。

細い体でてきぱき動き、両手に湯気の立つ料理の皿を持って、テーブルとテーブルの間を素早く移動する。黒髪を後ろでひとつにまとめているけれど、長い前髪がひとすじ、母さんが動くたびに、尖った鎖骨のあたりで揺れた。白いおでこには汗の玉が光っている。

僕は思わず店に飛び込んで、母さんの腰に抱きつきそうになったけれど、入口で踏みとどまった。死んだはずの伯父さんがいたからだ。いつもにこにこ笑っている、馬みたいに顔の長い伯父さんが、奥の席で常連客の相手をしていた。

指先から伝わる引き戸の木の感触、魚とトリモドキの骨のスープと魚醤のにおい、食器が重なり合う音と客たちのざわめき。全部が生々しくて、夢には思えない。伯父さんは笑顔で「そろそろ閉店だ、みんな帰ってくれ」と、酔っ払った客たちを促し、代金を支払わせている。

本当に過去なんだ。時間が繋がってる。

後ろを見ないで後退ったので、うっかり残飯入れに足をとられそうになり、慌てて振り返った——ぎょっとした。もうひとりの僕が道の向こうから、こちらに駆け寄ってくる。

僕は慌てて店の看板の陰に隠れ、そうっと様子を窺った。いつものタンクトップと半ズボンにゴム草履姿の僕は、店の方を警戒しながら残飯入れに近づいてきて、タンクトップの下から隠していたお椀を出した。そして残飯入れの蓋を開け、中のものを手づかみで取ってお椀に盛ると、さっと素早く道を戻り、向かいの建物へ入っていった。

何をしているのかは誰よりも僕自身がわかる。孤児や飢えた人に、食事を施しに行くんだ。あの歌が怖かったから、誰かが消えちゃうのが怖かったから。つまりこれはあの日、一年前の〝大放出〟の前夜だ。伯父さんが燃える前の日。

あの日の僕は、いつも店に食べ物をもらいに来るはずの孤児の兄弟の姿が、珍しく見えなくて、不安を感じていたんだ。だからお椀に残飯を盛って、見つけて食べさせてやろうと——僕は大急ぎで僕の後を追った。止めなくては。孤児なんて放っておいて、施しなんてしないで、家にいろと言わなければ。そうでないと伯父さんが燃えて、母さんがおかしくなってしまう。

やつらに施さないでいたら、僕の家は安全。

向かいのお茶屋の建物に飛び込んで、裏側の建物からさらに奥へ、その先へ——確かいつもこのあたりから来ていたはずだと考えながら、孤児がいそうな場所を捜した。湿った内階段を上る。建物は真夜中近くても騒がしい。人のざわめき、鳥売りの籠で鳴く小鳥たち、ボイラーから溢れる蒸気、どこかの部屋から聞こえてくるテレビやラジオの音。ざわめきの中から僕の足音を聞き取ろうとしても、難しい。一年前、自分がどの道をどう通ったかなんて、さっぱり覚えてなかった。自分の後ろ姿を見逃さないようにしなくちゃ。

前を行く〝あの日〟の僕は、錆びた看板の下をくぐり、外へ出た。この先は建物の脇に沿うように設置された螺旋階段だ。

血のように赤い小さな案内灯が、深呼吸しているみたいに灯っては消え、灯っては消える。階段はどこまでも高く、永遠に終わらないんじゃと不安になるくらいどこまでも続く。息が切れて仕方がなく、何度も手すりにもたれて休んだ。かすかに響くカンカンという靴音は、僕のだと思っていたけれど、もし違ったらどうしよう。

すると踊り場の脇の壁に、僕のものらしき頭の影が見えた。ぜいぜいと切れる息を整え、笑いはじめた膝でどうにか階段を上って、次の階で階段を離れ、建物の中に戻った。〝立ち入り禁止〟の札をまたぎ、誰もいない、ただ大きなボイラーがずらりと並ぶ小部屋の奥へ進む。少しずつ記憶が甦ってくる。そうだ、この場所。

〝あの日〟の僕は、そこにいた。壊れて横倒しになったままのボイラーと、穴の開いた壁の間にうずくまって、誰かに話しかけている。あそこにいるのは、孤児の兄弟の片割れだ。どんどん記憶がはっきりしてきた——そうだ、兄の方が見当たらなくて、〝あの日〟の僕は弟に半分食べさせた後、捜しに行ったんだ。食事を置いて帰ることも頭を過ったけど、もしそうしたら飢えた弟が兄の分も全部食べてしまうと思ったから。

孤児の兄の方はなかなか見つからなくて、捜し回った。ようやく見つけた時、兄は足を小さなボイラーの下敷きにして動けなくなっていた。僕は彼を引きずり出し、とにかくまず口の中に残飯を入れると、手当てをしてあげた。その時、十三回目の鐘が鳴ったんだ。

〝あの日〟の僕はまだ兄の方を見つけていない。

つまり、今すぐ引き返せばまだ伯父さんを助けられるということだ。孤児に食事をあげるのを弟だけでやめ、兄の方を見つけずに螺旋階段を下り、家に帰る。そうすれば伯父さんは僕の心配をしなくて済んで、〝大放出〟の強烈な光で焼け死なない。

孤児の兄は〝こっち〟に来ることになるだろう――だけどそれで構わない。僕の伯父さんが生きられる方がいい。

僕は〝あの日〟の僕の後ろに立って、言った。

「なあ、僕。早く家に帰ろう。もう兄の方は放っておくんだ」

「おっと、そうはいかんよ」

突然後ろから口を塞がれ、ボイラーとボイラーの隙間に連れ込まれた。いつの間に追いかけてきたのか、あの爺さんだった。カメムシくさい。

「言うことを聞かんからこうなるんだ」

僕はもがいて爺さんの手から口を離し、殴りつけてやろうと拳を振り上げたけれど、簡単に手首を掴まれ、止められてしまった。

「放してよ！」

「お前さん、何をしようとしている？」

「伯父さんと母さんを救う。あの孤児の兄を捜したり手当てしたりしないで、すぐにでも家に帰る。そうすれば伯父さんは僕を捜しに外へ出ることもなかった！」

するとと爺さんの顔が歪んだ。

「俺にはわかる。お前さんの悲しみを、よっくわかってるつもりだ。それに、あの孤児のこともよっく知ってる」

なぜ？ 僕は暴れるのをやめ、目を見開いて爺さんを見つめた。

「……坊主よ、よく聞きなさい。あの金魚頭を思い出すといい。下手に過去を変えたり、連れ戻そうとしたりすると、おかしなことになる。起きたことはもう起きたことなんだ。過去の自分は放って、化け茄子の油佃煮を食べる直前に戻ろう。ゴキブリを食べないよう注意して〝大放出〟を迎えれば、〝こっち〟に来たことは帳消しになる」

「……過去を変えたらいけないんじゃないの？」

「ゴキブリを避けるくらいは平気さ。お前さんは〝こっち〟に来てから帰るまでの時間もわずかだし、まわりにもほとんど影響はなかろう。お前さんの心も淀まない。まあ、以前より多少は〝見えやすく〟なってぼうっとしちまうかもしれんが、被害はないようなもんだ。だがな」

爺さんは腰をかがめて僕の目を覗き込む。

「あの子どもに食事を与えるのをやめてみろ。確かに伯父さんは生き延びるかもしれないが、子どもはどうなる？　非常に多くの事柄が影響を受ける。悪いことだって起こる」

爺さんはこちらを真っ直ぐ見つめてそう言うと、僕の手を引いて、来た道を戻ろうとする。僕は力いっぱいその手を振り払った。

「やめろ！　他なんかどうだっていいよ。飢えた子どももどうでもいい。良いことをしたって何の意味もないんだ。僕は伯父さんを殺して、母さんを病気にさせちゃった。やり直せるなら何だってする」

僕は爺さんの手をすり抜けて、ボイラーの隙間から飛び出した。けれどもうひとりの僕――〝あの日〟の僕の姿はなく、穴と横倒しのボイラーの間には、痩せた子ども、弟の方がひとりだけいて、残った肉と米をむしゃむしゃ食べていた。〝あの日〟の僕はどこへ？

その時、右の方から物音がした。振り返ると、黄色っぽい灯りに僕の背格好の影が映り、続いてドアが閉まった。そうだ、あの先に梯子があって、その下の階の扉の向こうにあの孤児の兄がいる。

「待って！　そっちへ行っちゃ駄目だ、今すぐ家に帰るんだ！」

僕は大急ぎで僕を追いかけ、廊下を走り抜けてドアを開けると梯子に飛びついた――

一段ずつ下りるのがまどろっこしく、手すりに手を滑らせ、一直線に下へ下りる。見上げると、がに股の爺さんはしんどそうに、ひいひい息を吐きながら言った。

「本当のことを教える！　孤児の兄弟のことをよっく知ってると言ったろう？　俺はあの兄貴なんだ！　ほら、右足を痛めてるだろ！」

爺さんはズボンの裾を捲（まく）り上げて、僕に右足を見せてきた。確かに傷痕がある。

「いったい何を言って……」

「俺はお前さんに救われたんだよ！　あの日、お前さんが俺に飯を食わせてくれたおかげでな！」

僕は今し方、僕が開けて入っていったはずの鉄のドアと、爺さんを見比べる。爺さんはほとんど泣きそうだった。

「年齢が全然違うじゃないか！」

「だから言ったろう、〝こっち〟の世界は時間があべこべなんだって！　俺は今のお前さんの時代よりもずっと未来の人間で、〝こっち〟に来ちまったのさ。いいか、お前さんが残飯を俺に食わしてくれなかったら、俺はもっとずっと早く〝こっち〟に来る羽目になってた。だが見てくれ、お前さんのおかげで、これだけ老いるまで〝大放出〟を生き延びられた。あの日、俺に飯を恵んでくれたから」

意味がわからない。僕は目の前のカメムシ爺さんと、あの日助けた孤児の兄の方が同じだなんて思えなかった。そもそも年を取った男の顔から、子どもの面影を探すのは無理だ。全然信じられないけど、爺さんは涙を拭いながら説明する。

「あらゆる時間があちこちにくっついているせいで、〝こっち〟そのものは百年前も百年後も一緒くたなんだよ。俺はここよりもずっとずっと未来で、結局落ちぶれて腹を空かせたまま〝大放出〟になって、〝こっち〟に……でも人生は素晴らしかった」

爺さんは血走った目を僕から逸らさず、下を向いたままゆっくり梯子を下りてくる。

「お前さんの顔を見た時、ぎょっとしたよ。あんなにくさくてぐちゃぐちゃの残飯を無邪気に食わせたガキとも言えるけど、お前さんは優しかったし、俺がこんな年になるまで生かしてくれた恩人であることに変わりはない。だからお前さんをちゃんと家に帰してあげたかったのに」

爺さんがこちらに近づき、カメムシのにおいが強くなってくるごとに、僕は後ろに下がった。鉄のドアまであともう少し。

「俺はあの後、お前さんの家に起きた不幸を噂で聞いて、いつか恩を返そうと思った。弟の面倒もよく見るようになったし、よく働いて、残飯じゃない食事も取れるようになった。他の孤児に、俺の方から施すようにもなったし……一年経って、あの店に戻ってお前さんに礼を言おうとしたこともある。だが、勇気がなくて」

その時爺さんは、はっと表情を強張らせて、梯子を下りる足を止めた。同時に、僕の手にドアノブが触れた。今だ。

僕はドアノブをひねって思い切り、体ごとドアの向こうへ飛び込んだ。二手に分かれた長い長い通路の向こうは、一方が螺旋階段、一方が建物の奥へと続いている。あの先に行けば手遅れだが、まだ歩いて行く僕の後ろ姿が見えた。

僕は走った。脇目もふらずに走って、〝あの日〟の僕に後ろから突進した。ふたり揃って床に思い切り倒れ込み、お椀が割れて、中身がびちゃっと散らばる音がした。背後で絶叫が聞こえる。

「お前さんは良いことをしたのに、俺を、弟を救ったのに！　俺の人生もすべてなくなってしまう！」

絞め殺される前の偽豚みたいな声だ。何も知らないあの日の僕は、ぎょっとして目を大きく瞠（みは）っている。

「えっ、僕がいる？」

「あの爺さんは無視して、立って。早く帰らなきゃ」

「でも、いったい……？」

「早く！　伯父さんと母さんが大事だろ！」

僕が手を引くと、あの日の僕は言うとおりに立ち上がって、方向転換して一緒に走り出した。まだ時間は〝大放出〟の前、今から螺旋階段を駆け下りて家に帰れば間に合う。

肩越しに振り返ると、爺さんは泣きながら、転がった残飯の前で跪き、欠けたお椀に残飯を掬い上げていた。

その時、天井の方からすさまじい轟音がした。ボイラー室が爆発したんだ。

僕たちは螺旋階段に飛び出し、上から瓦礫が降ってくるよりも早く階段を駆け下りる。どれだけ天井が崩れたのか見る間も立ち止まる気もなく、鼓膜が破れそうなほど大きな音に怯えながら、僕らはひたすら逃げた。爺さんは潰されて死んだかもしれない。けれどそんなのどうでもよかった。だって、僕は今、あの孤児の兄を見捨てたから。爺さんが本当にあの孤児の兄なら、〝僕に助けられて生き延びた爺さん〟はもうこの世にはいなくて、別の、〝僕に見捨てられた人〟になって、〝こっち〟へ姿を消してしまうだろうから。

ボイラー室の爆発は、三階下まで崩したけれど、元々建物が頑丈だったので、僕と〝あの日〟の僕は螺旋階段を下りきることができた。そして無事に家に帰り、僕を心配していた母さんと伯父さんがほっとした顔を浮かべた。

だけど、扉を閉めかけたその時、十三の鐘が鳴った。僕と〝あの日〟の僕はまだ完全に体を家に入れていなかった。

すさまじく強烈な光があたりを包み、熱いと思った。扉が閉まり、僕か〝あの日〟の僕のどちらかが取り残されて、焼け、燃え死んだけれど、それはどちらなのか、わからなかった。

『〝大放出〟終了。繰り返す、〝大放出〟終了。ただいまをもって外出禁止令は解除された。繰り返す、ただいまをもって外出禁止令は解除された……』

外へ出ると、眩さは消え、いつもの暗くてネオンがきれいな街に戻っていた。

僕は店の前にうずくまって、孤児が残飯を盗んでいかないように見張っている。少しでも近づいたら、できるだけ大きな石を投げて撃退する。前は、あげてた。可哀想だと思ったから。今は絶対にあげたくない。母さんや伯父さんは「あの優しい子がどうしたのか」と言ったけど、僕は今だってじゅうぶん優しいつもりだ。

その翌日、伯父さんはバイクに乗って配達に行ったきり、帰ってこなくなった。お金をたくさん持って逃げたらしい。しばらく経った今、母さんは病室で眠っている。父さんがチリチリ頭の巨乳といちゃつきはじめて、それで病気になっちゃったんだって。向かいのお茶屋で働いているお下げの従業員が、母さんに食事を運んであげればと言うけど、僕は行かない。母さんの弱々しい目に見つめられると、嫌な気分になるから。

母さんは僕が変わってしまったと泣く。僕も以前の僕じゃないと知っている。

一年前、向かいの建物のボイラー室が爆発して、孤児がふたり死んだらしい。僕はそいつらを知ってたような気がするけど、孤児なんてどこにでもいるし、悲しいとはちっとも思わなかった。それでいいと思う。人間は喜怒哀楽を持ってるらしいけど、哀は一番いらない感情だから。でも、喜も怒も楽も別に必要ない。僕は何も感じたくないんだ。

時々、何かを思い出しそうになる。けれど記憶の奥底からその欠片がほんの少しでもこぼれると、頭が割れそうに痛くなって、変なものが見えてくるんだ。たとえば、向かいのお茶屋の主人の頭が金魚になっていたり、父さんの下半身がねばねばの塊になっていたり、母さんの声が鳥の鳴声に聞こえたり。

それから、カメムシ。カメムシがやたらと寄ってくる。

僕の足の上をカメムシがゆっくり歩いて行く。細い足でよちよちと、小指、ゴム草履の緒、そして甲の方へ。厨房から落ちる四角い灯りの中にいる時、カメムシは黄色っぽくなり、うずくまっている僕の黒い影の中に入ると、緑色が濃くなる。さわさわした動きがくすぐったい。このままだと足首に到着する。そのままずねに上がってくるつもりだろうか。カメムシは知らないんだ、今登っている場所は恐ろしい力を持つ怪物の足で、気分次第で一瞬で殺されてしまうことを。

以前の僕なら、カメムシを殺せなかった。潰したらくさいからだ。

足首のくぼみに着いて、カメムシはやっと人間の上にいることに気づいたのか、方向転換するとぱっと翅を開いて飛んでいこうとした。

きっと、隣の建物との狭い空間を、壁に這うパイプやダクトの隙間、ひしめく看板、何も見えない上の方から降り続ける汚れた雨粒の中を、飛んでいけたら、楽しいんだろう。

だけど僕は両手を素早く伸ばし、カメムシを捕まえ、思い切り潰した。

ひどい悪臭が湧き、僕の皮膚にしみこんで消えない。カメムシがたくさんやってくるのは、このにおいのせいだろうか。

雨がザアザア降っている。次の〝大放出〟はまた来年だ。僕は絶対に、何かを食べることにしている。あのくだらない歌を信じてるわけじゃない。ただ、変な予感がするんだ。草でも木の皮でも、なんでもいいから食べないと、扉の向こうで、梯子の上で、何か恐ろしいものが、僕を待っている気がして。

新しい音楽、海賊ラジオ

陸があらかた水没してから、世界中どこへ行っても波の音が聞こえるようになった。朝も昼も夜も、道を歩こうと家の中にいようと、海がそばにいる。ざあああ、ずううううどおおおおん、ずずずずずざざざざざざ。波の音を口で表現するとこんなところか。いや、違うな。「ヨセテハカエスナミノオト」ってのは聞いたことある。でも波の形はひとつとして同じものがない、とうちのばあちゃんが言っていたし、それはつまり波の音も本当は全部違うんじゃないか、と僕は思う。

そんな話をアカザカナにしたら、「そんなのどうでもいいから、糸をほどいてくれよ」と言って釣り竿をずいっと寄越してくる。僕は溜息をひとつつき、手に持っていたラジオ受信機をいったん置いて、堤防の上に登った。荷物を詰め込んだリュックサックとクーラーボックスの隣に腰かける。

リールに巻いた細くて透明な釣り糸は見事に絡み、ありんこの群れに似たダマに、糸の花が咲いてるみたいだ。アカザカナは無類の釣り好きで魚を獲るのもうまいくせにやたらと不器用で根気がなく、壊れ物やこんがらがったものがあるとすぐ僕に寄越してくる。陸が少なくなると同時に工場も人も減ったせいで、ばあちゃんの世代ほど物が作られなくなり、釣り糸も貴重品だから、「ブッシハスベカラクタイセツニスベシ」なのだ。

コンクリートの堤防の上であぐらをかき、しなやかな釣り竿の先端を曲げないように気をつけて足に載せ、もつれた釣り糸ほどきに取りかかる。海から潮風がもろに吹きつけ、僕の耳当て付き帽のポンポンとイヤホンのワイヤーが揺れる。有線って鬱陶しいな。

出かける前よりも少し伸びた爪の先で糸をほどきつつ、左耳に差し込んでいるイヤホンから何か聞こえてこないか気を配っていると、ふと鼻を生臭いにおいが刺激した。隣の、真っ赤なTシャツを着たアカザカナが、片手をバケツに突っ込んでぐちゃぐちゃしたピンク色の魚のすり身を混ぜている。量はバケツにたっぷり一杯分だ。

「ちょっと。いつまで釣るつもりっすか？」

「そりゃ釣れるまで」

「本当に釣れんのかよー、日が暮れて野宿は嫌なんですけど」

「宿が取れたって似たようなもんじゃん。どーせ俺たちの金じゃ雑魚寝部屋。ほれ、ムイ、早くしろよ。晩飯抜きになんぞ」

アカザカナの長い腕が伸びてきて、汚れてない方の手のひらをひらひらと催促してくる。

「あ、せ、る、な、よ、って」

最後のありんこのひと玉が僕の器用な爪によってするりとほどけ、釣り糸はピンと張る。アカザカナは満足そうに笑い僕の手から釣り竿を奪うと、礼も言わず針の先に餌をつけはじめた。

こいつときたら、巨大魚でも釣れる釣り竿とリールまで持ってきているんだから。ちょっとだけ、メガネのトレたちについてった方がよかったかもしれない、と思う。ちょっとだけ、親指の爪一個分くらい。でも言い出しっぺかつアカザカナを巻き込んだのは僕だから、黙ってる。

脇によけていた四角いラジオ受信機をえいっと持ち上げて、ずっしりした本体を股の間に載せ、再びダイヤルを調整する。左耳に差し込んだままのイヤホンからはノイズ以外に何も聞こえない。

目の前に広がったどこまでも青い海。海の上には漁船がいくつか浮かんでいて、それぞれの船を表す色違いの旗が、風にぱたぱたと震えている。彼方にはご近所の陸島(りくとう)のこんもりした影が点々として、定期運航船が立てる白い泡の筋がナイフで魚の腹を切るように、すうっと通って見えた。

波の音は相変わらず聞こえ続ける、ざざん、どどん、ヨセテハカエシヨセテハカエシ。四六時中聞こえてくる波の音は人間に様々な影響を及ぼす――第六陸府(りくふ)ラジオでも聴いたし、学校でも教わった現象だ。たとえば「波の音はフクコーカンシンケイに働きかけてリラックスさせる」とか、「波の音が耳から離れないことで、ストレスがかかる」とか。正反対の主張だけど、実際、どっちの現象も起こった。

多くの人は波の音に「リラックス」した。僕の両親はまさにそうで、陸民（りくみん）アパートのベランダの窓を開け放ち、潮風と一緒に音が家の中に入ってくるようにしている。隣の部屋の人も、そのまた隣の部屋の人も、下の階の人もそうだ。家には必ず家族の人数分、寝そべるための布張りベンチがあって、眠くなったら昼寝する。家だけじゃなく、会社や工場でも昼寝の休憩が設けられているから、働くのを中断して眠れる。

近く、遠く。安定しているけれど実は不規則な音。アカザカナは「波の音なんか釣りに集中してる間に耳から消えて、聞こえなくなる」と言う。けれど僕や多くの人たちにとって、波の音は止まない子守歌だ。

その時「第六陸島のみなさん、こちらは第六陸府ラジオです。起床チャイム鳴動時刻、起床チャイム鳴動時刻。みなさん起きましょう」という大音量の男の声が響き渡り、僕ははっと飛び起きた。

また自分でも知らないうちに眠っていた。隣のアカザカナを見ると相変わらず釣り中で、起床チャイムに文句を言っている。

「あのチャイムやばいよなー、音がめっちゃ怖いもん」

第六陸府ラジオのスピーカーは陸のあちこちににょきにょきと立っていて、日中に三回、チャイムを流す。朝八時、昼の二時、そして夕方の六時に、甲高くて耳障りな音を五分間にわたって鳴らすのだ。海の子守歌の催眠効果は抜群で、みんな働くよりも眠る方を優先させてしまう。その結果、物資不足なのに生産力が落ちる。おかげで陸列島全体の技術革新も眠ってしまい、五十年前のままなんだそうだ。だからチャイムで陸民を叩き起こさないといけない、という。

僕はアカザカナが海を見ている隙に大きなあくびと伸びをし、ラジオ受信機に取り付けてあるショルダーをたすきがけして、堤防から滑り降りた。

海と反対側に広がる陸には、中心に三つの尾根が連なる山があり、木々が青く茂っている。あの山のどこかにメガネのトレたちはいるのだろうけど、目的を果たすのは僕らより遅いかもしれないし、早いかもしれない。

山の手前には、てっぺんにアンテナをにょきにょき生やした、とてつもなく横幅の広い陸民アパートが三段にわたって並んで、太陽の黄色い光を白い全身に浴びていた。この第六陸島の人口は約百万人で、ほとんどがこの陸民アパートに住んでいる。うちを離れてもうずいぶん歩いたけれど、何キロ進んでも建物は代わり映えせず、みんな同じ。棟はすべて十階建てで、三列の層になっているのは、住居部分にできるだけ陽を当てるためらしい。

中にはすべてがある。住居、会社、学校、幼稚園、運動場、倉庫、病院、ホテル、レストラン、コンビニ、スーパーマーケット。ちなみに陽の当たらない地下はたいてい工場か、配送用の自走台車のステーションだ。

　陸民アパートを見ると、小さかった頃に海辺の砂浜で作ったお城の城壁を思い出す。できるだけ長くしたくて一生懸命作っても、満潮になると消えてしまう壁を。あの時の砂浜は四年前、僕が十二歳になった時、海が完全に飲み込んでしまった。

海の中にはたくさんの〝文明〟が眠っているらしい。〝文明〟には、うちのばあちゃんと赤ん坊だった頃の母さんが住んでいた家や、じいちゃんの勤めていた会社も含まれる。

　整然とした陸民アパートよりも海側には野菜畑と田んぼがあり、その間には〝昔ながら〟の民家がわずかに残っている。五十年前の〝災厄〟を生き延びた建物だけど、陸府は住民に対して「陸民アパートへ引っ越せ」とうるさい。陸の面積は限られているから、できるだけ人間をまとめて、土地を空けておきたいんだ。

　アカザカナの亡くなったじいさんがこうした民家のひとつに住んでいて、時々海へ漁に出ていた。アカザカナはちょくちょく陸民アパートの自宅を抜け出しては、じいさんの家に泊まり、釣りと船の操縦（そうじゅう）を教わった。僕も遊びに行ったことがあるけど、たとえ天井に穴が開いていて壁はぼろぼろでも、たったふたりで一階と二階が使えるなんてうらやましすぎた。じいさんが亡くなると、あっという間にショベルカーで潰され、更地になり、次は小さな養鶏場が建った。

僕は帽子の耳当ての下に手を入れ、イヤホンをもっと深く左耳に突っ込むと、ラジオ受信機の銀色に輝くアンテナをぐいっと伸ばし、錆びたダイヤルを回しながらあたりを歩き回った。べたついたガラスの小窓の中で目盛がくるくる動き、赤い針が揺れる。

堤防の下の道路はがらんとしてひと気がなく、時々、陸府提供の道路用Wi-Fiポイントで立ち止まる人がいる程度で、車が走ってるのは珍しい。免許といえば十五歳から取れる船の方で、ただ陸島をぐるっと一周するだけの車は人気がないんだ。それでも真面目な信号機たちは、誰もいないのに、赤と青、交互に色を変える。今は十二月、太陽の位置は六月に比べてずいぶん低いけれど、気温はまだまだ高い。夜は宿に泊まってシャワーを浴びたい。初日みたいな野宿はもうごめんだ。

ダイヤルをどんなにいじってもイヤホンからは軽くて甲高い音が聞こえてくるばかりだ。こうして少しずつ歩きながら電波を探して、もう三日目になる。こんな古い型のラジオを使うのなんてはじめてだし、正直、疲れてきた。いつもならデバイスのラジオアプリを立ち上げて聴きたい番組を選べば、放送はすぐに聴けるのに。

溜息をひとつついた瞬間、イヤホンが大きくザザッと叫んだ。

「おっ」

ノイズのさざなみの向こうに、人の声が聞こえる。歌だ。

「おおおっ」

　思わず声を上げながら振り返り、くしゃくしゃ頭を潮風に揺らしているアカザカナを呼ぼうとした。アカザカナは顔を上げる——口には全陸で禁止されてるタバコを咥えていて、僕は顔をしかめた。同時に電波に乗った音楽がノイズを完全にかき分けてこっちに来て、滑らかに流れはじめる。まるで歌姫がモザイクの向こうから顔をにょきっと出すみたいに。けれどその正体に気づいて、膝が折れそうなくらいにがっかりした。

「ムイ、どした？　海賊ラジオ見つかったか？」

「……いや」

　僕は腰を曲げて、アスファルトの上を歩く小さな丸い虫を見る。テントウムシだろうか。

「この辺にラジオの電波塔があるんだ。陸府ラジオの周波数を拾っただけだったよ——トップチャート一位、ナミノシラナミの〝ひとりぼっちのウミガメ〟。こんな最新曲を海賊ラジオが流してるわけないい」

　テントウムシはゆっくりゆっくり僕の黄色いスニーカーの前を通り、割れたアスファルトの小さな欠片によじ登ると、丸い翅を広げて飛び立った。「あーあ」僕はテントウムシが踏み台にした欠片を取って、海に向かって投げつける。ぼちゃんと音がし、アカザカナの釣り竿が急にしなり、背びれがトゲトゲした活きのいい魚を釣り上げた。

海賊ラジオ。その噂を聞いたのは一ヶ月前のことだった。その時僕は陸民アパートのメガネのトレの部屋で、学校の仲間たちとたむろっていた。というか、みんなが車座になって話し込んでいる輪からちょっと離れて、無線イヤホンでこっそり音楽を聴いていた。

僕はたぶん、かなり音楽が好きだ。〝たぶん〟と確証が持てないのは、本当に好きな音楽に出会える確率が低いせい。

デバイス(僕のはオレンジ社のiOrange、OSは最新の39だ)のアプリで配信中の音楽を拾おうにも、音楽会社が配信してくれる新作は年間に六十曲で、ツボにはまる曲を探すより僕のツボを音楽に無理矢理合わせることの方が多いんだ。

ほんの十五分で全曲聴き終わってしまった僕は、隣で、同じように輪から外れて壁に背中をもたせかけ炭酸水を飲んでいるアカザカナに、愚痴を吐いた。

「昔は年間に何千曲もリリースされたらしいよ。他の陸地も合わせたら何万曲も、世界中で新しい音楽が鳴ってた」

「へー」

「アカザカナはさ、〝インディーズ〟って知ってる?」

「ほい? なんて?」

「音楽会社提供外の音楽なんだって。それどころか、自分たちで勝手に音楽を作って、勝手に配信する人もいた」

「ふーん。あ、やば。データ通信制限がきちゃった」

アカザカナはデバイスを床に伏せると、そのまますずるずると横になった。

昔使われていた基地局や信号機はほとんどが海中に沈んでしまい、電波も貴重品になった。公共機関や会社には陸府が設置した無線LANがあるし、他の陸島との連絡には、陸列島府のドローンが使える。でも普段は、数少ない基地局が発してくれる電波を細々と使うしかない。利用制限に気をつけないとあっという間にデータが重くなる。

電波の「ユウセンシヨウジュンジョ」は、海の潮位測定放送が一番、陸府放送が二番、三番が天気予報で、四番は普通のニュース。娯楽は格下。今じゃテレビもラジオもほぼ百パーセントインターネット配信で、局は陸府放送を含めて三つずつ。陸府ラジオだけは、絶滅危惧種のラジオ受信者のためにラジオ電波、通称〝アナログ〟も発信してはいるけど、もうほとんど廃(すた)れてる。

巨大なスタジオと大勢のスタッフを必要とする映画やドラマは、新作が撮られなくなって久しく、昔の作品がアーカイヴに入っていて、観たい人は月にいくらか払ってダウンロードする。

音楽は新作が作られるけど、リリースは月に一度、五曲配信される。音楽会社の厳しいオーディションを通過した歌手やバンドやDJだけあって、それぞれのクオリティは高いと思う。毎年トップチャートを席巻するナミノシラナミはとても歌がうまいし、音階もきれいで印象的だし、バックバンドの演奏もいい。

何より、顧客である僕ら陸民たちの好みや聴きたい音楽をリサーチして分析、流行を先取りするから、ほぼ完璧にウケる。フィットするんだ。交流型SNSやダウンロードサイトにも悪いレビューはほとんど出ないし、コストパフォーマンスもいいし、誰も「もっと違う音楽が聴きたい」とは言わない。完成度が高ければ、月に五曲の音楽でじゅうぶんなんだ。

それにみんな――僕も含めて、もし人間の歌がなくなろうと、海の子守歌さえあればいいって思ってしまいそうになる。歌を歌いはじめても、途中で海に飲まれていき、気がつくと歌うのをやめて波の音に耳を傾けてる。

最後にはこの潮騒(しおさい)が世界一の音楽になっちゃうんじゃないか。

「……ということで、決を採ろうと思う。賛同者は手を挙げてくれ」

ひときわ大きな声に僕らははっと顔を上げる。十四、五人の仲間たちが一斉にこっちを見ていて、その輪の中心にいるスキンヘッドに丸メガネのトレと目が合った。鋭い目をさらに細くし、〝お前たちまた聞いてなかっただろ〟って顔をしている。アカザカナが僕にちらっと視線をくれると、くしゃくしゃの頭を掻きながら「あー、ごめん」と謝った。

「ムイがいつものとおり爆睡してさ、俺もつられて寝ちゃった。で、何の決を採るの？」

眠ってないよ、と抗議しかけたけど、黙る。

トレは同い年の十六歳なのに難しい本を読み、僕らよりもずっとたくさんの思想や言葉を、休まない嵐のように頭の中で渦巻かせている、変わったやつだ。でもそんなところが人を惹きつける——僕もそのひとりで、壁に貼られた〝新思考倶楽部〟のチラシに呼ばれて最初の会合に参加した頃は、もっと熱心にトレの話を聞いた。こういう人物を〝カリスマ〟って呼ぶんだろう。

「じゃあもう一度説明する。海鳴りのしない場所を探しに行く。俺自身もう限界だし……一緒に来てくれるやつがほしい。その決を採りたい」

仲間たちの何人かが頷き、気持ちを確かめ合うように少しざわつく。でも僕は眉間にしわが寄るのを抑えられなかった。

「えっと……反対するわけじゃないんすけど……そんな場所あるの？」

陸のどこへ行っても海のさざめきが聞こえる。ほとんどの人にとっては「リラックス」の素だけど、トレは違った。「波の音が耳から離れないことで、ストレスがかかる」人の方で、いつもいつも頭痛に悩まされ、憂鬱な気分になり、耳栓が手放せない。

彼の元に集まる仲間にも同じ症状を持つ人がいたし、僕らの多くが彼らに同情してる。トレはメガネのブリッジを中指でぐいっと上げ、「まあ、今の今までその話をしてたんだが」と前置きしてから（聞いてなくて悪かった）、僕の疑問に答えた。

「山だ。それ以外の当ては、この第六陸島にはもうない。十数年間無音の場所を探し続けた結論だ」

　すると僕が答える前にアカザカナが訊ねる。

「山？　装備はどうすんの？」

山は深い。海と同じくらいに深い。父さんや母さんが若い頃は、陸地を増やすために開拓しようという計画もあったらしいけど、人も重機も数がぐんと減って労働力が足りなかったし、何よりこれ以上木が少なくなると酸素がじゅうぶんにできず、全陸が酸欠になってしまうんだって。それに水が足りなくなる。だから山の木は採ってはいけないという陸訓（りくくん）があるんだ。「ジュモク、スベカラクタイセツニスベシ」。

　誰も山には入ろうとしない。木々の迷路を生き残るにはちゃんとした装備が必要だけど、その辺の店で簡単に買えるもんじゃないし、大きくて危ない獣がまだ生き残っているって噂だ。それなのにトレは行くと言う。

「装備は問題ない。アシロとスリギの大伯父どのが昔山登りをしていて、倉庫にまだ二十人分くらい残っている。明日みんなで取りに行こうと思う」

「使い方は大伯父さんが教えるよ。ムイもアカザカナも行こうぜ」

アシロは元気よく僕らを誘ってくれるけど、僕はアカザカナとトレ、アシロの顔を交互に窺うしかできない。他の仲間は手を挙げる気まんまんだ。こんなの「いやだ」って言える雰囲気じゃない。トレが「じゃあ、決を」と言うとやっぱりみんな手を挙げ、僕も、いまいち力の出ない腕をへろへろと挙げた。

「山かあー……」

日程は翌月からはじまる連休、十二休みの期間だという。山へ行くなんて保護者から大反対されるだろうけど、みんながうまく説明できるように、一週間分の合宿所の手配を偽装してくれるそうだ。

倶楽部の会合は終わり、みんなそれぞれの家に帰っていく。換気のために開け放った窓から風が吹き込み、籠もっていた人いきれがあっという間に浄化され、代わりに潮のにおいが強くなる。椅子に腰かけたトレは、耳栓の上からヘッドフォンをつけて両目をつぶり、波の音も誰の声ももう聞いていない。

採決の最後に挙手したアカザカナはいつの間にか帰ったようで、姿が見えなかった。

僕は陸民アパートの広い廊下の窓際を歩きながら、ふと立ち止まって窓の外を見上げた。もう夜だ。闇なのか山なのかわからない黒々とした巨大なものが、窓の向こうを埋めている。明かりはひとつもない。来週になったらあんなところに行くのか。

「ムイ」

ぽんと肩を叩かれて振り返ると、アシロの双子の妹、スリギがいた。

「えっ、はい。どうしました？」

スリギは目がぱっちりして鼻筋が通り、口が大きく、兄貴のアシロよりもナミノシラナミに似ていて可愛い。しかも体つきも細くて背が高く、スタイルがいいのだ。好みか好みじゃないかに関係なく、話しかけられると心臓がギクッと震える。しかもスリギはなぜか僕のTシャツとダウンベストの胸のあたりを手でぐっと押したので、僕は壁に押しつけられる格好になった。

「なななななな、なに？」

「さっき、音楽の話をしてたでしょう」

「えっ？」

「ムイは気づいてなかったかもしれないけど、あたし、君らの近くに座ってたんだよ。聞こえたの。〝インディーズ〟のこととか。ムイって音楽好きだもんね。なんでかうちの音楽部には入ってくれないけど」

しまった、誰も聞いてないと思い込んでいた。別に犯罪じゃないけど、今の生活への疑問を言ったみたいになるから、ちょっと気まずい。

「あー、その。ちょっと知ったかぶっただけだよ。じゃ！」

誤魔化してこの場から逃げようとしたら、スリギに強く腕を摑まれ、耳に彼女の息がかかった。ふわりとした、白い花ばかり集めた花束みたいな匂いに窒息しそうだ。

「ねえ、〝海賊ラジオ〟って知ってる？」

スリギはそう囁いた。〝海賊ラジオ〟。

「誰かがラジオ電波をジャックして、音楽を流してるんだって。だから〝海賊ラジオ〟」

「ジャックって……勝手に使ってるってこと？　違法じゃん」

ラジオ電波は廃れてしまったけど、陸府放送が残ってるように、まだ生きてはいる。電波ジャックもやろうと思えばできるだろう——捕まる覚悟があるなら。戸惑う僕にスリギはにやっと笑う。

「そう、違法。見つかったら罰金どころか刑務所に入れられちゃうかも。でもちょっと聴いてみたくない？　いつ放送されるかわからないし、発信元は不明なの」

「ラジオ局のスタッフが隠れてやってるとか？」

「さあ？　発信場所はいつも違うらしいよ。毎回周波数を変えてて、陸府も見つけられてないんだって」

「でも音楽は著作権とか、使用許諾とかあるでしょ。勝手に電波使うだけじゃなくて、アーティストが一生懸命作った曲を無断で流すのはどうかと思うな……」

するとスリギは呆(あき)れて僕から体を少し離し、深々と溜息をついた。

「本当にムイって頭が固いんだね。でも違うよ、君の心配は〞キユウ〟ってやつ。何しろオリジナルの楽曲を流してるんだから。権利については、音楽会社も陸府もアーティストも文句を言う権利はないの」

僕はぎょっとしてスリギを見る。そんなことあるわけない。

「オリジナル？　なんだって？　嘘だろ？」

「嘘じゃない。あたしもはじめはただの噂だと思ったの。でも音楽部の先輩が運良く周波数を拾ってね。海辺で散歩しながら〞アナログ〟を聴いてる時に、偶然見つけたんだって」

「海辺……」

「うん。先輩は大急ぎで部室に戻って、古いマイクとカセットデッキを持ってまた同じ場所へ戻ったの。ほんとギリギリ、かろうじて一曲だけ録音できたんだ。今は周波数が変わって、そこじゃもう拾えなくなったけど。本当にはじめての音楽だった。新しい音楽だよ」

その言葉。その言葉で、スリギの魅力的で可愛い姿も聞こえてくる波の音も遠ざかり、真っ白になって目の前から消えてしまった。また睡魔だ。ただ最後に聞こえたスリギの声だけははっきり覚えている。

「発信元はたぶん、海のどこかにある、昔の〞文明〟時代の基地局じゃないかって。ねえムイ、新しい音楽だよ。もし〝海賊ラジオ〟の周波数を捕まえることができたら、誰も聴いたことのない生まれたばかりの新しい音楽が聴けるの」

廊下で眠ってしまった僕は、十八時の起床チャイムで飛び起きた。あたりを見回してもスリギはもういない。あの話は夢だろうか。現実だろうか。家に帰ってからもくり返し〝海賊ラジオ〟のことを考えて、暗い天井を睨んだ。

海にはたくさんの〝文明〟が眠っている――何度もばあちゃんから聞いた。くねくねした不思議な形のアンテナが、青い海面から顔を出し、カモメの止まり木になっているところを想像して、僕は目を閉じる。

翌日、クローゼットを開けてずらっと並んだ色違いのダウンベストの中から黄色を選び、Tシャツの上から着て、アシロとスリギの大伯父さんの倉庫があるP棟八階、21列へ向かう間も、〝海賊ラジオ〟のことで頭がいっぱいだった。

昔山登りをしていたという大伯父さんの装備は、想像以上にかび臭かったし、金属は錆びていた。みんなめんどくさそうな表情を浮かべたけど、トレは平然とした様子で、装備をひとつひとつ丁寧に見ては、これは何か、どうやって使うのかと質問し、大伯父さんは白髪と白髭に覆われた肌を赤くしながら嬉しそうに答えていく。

「そいつはトランシーバーだ。互いに周波数を合わせれば、離れても会話ができる」

「周波数？　それは違法になりますか？」

「このくらいは大丈夫だろう。それよりも遭難しないことを心配した方がいい」

大伯父さんの後ろに控えていたスリギと目が合ったけれど、ふいと逸らされてしまった。

アカザカナはサボったようで来ていない。僕はひとりで倉庫をぶらつき、棚に並んだ、使い道不明のトゲトゲした金属の何かや、束になった太いロープなどを見てまわった。年季が入ったぼろぼろのナップザックにふと目をやったその時、棚の下に、黒色で四角い機械のようなものを見つけた。

腰を下ろして、思ったよりも重いその機械を取り、ふっと息を吹きかけて埃を飛ばす。電源はどこだろう？　ＯＮ／ＯＦＦの表示の隣にあるつまみを上げると、赤いランプが小さく灯り、古めかしいメーター画面がオレンジ色に光った。眠っていた生き物が目覚めたみたいだ。バッテリー充電式なのだろうか。メーターは定規のような細かい目盛に、不思議な数字が振ってある。その下に大きなダイヤルがあり、右の側面にはもうふたつ、用途のわからないダイヤルがくっついていた。表面には金属製メッシュ素材のスピーカーがあり、反対の左側の側面を指でなぞると、丸い小さな穴、たぶんイヤホンジャックに触れた。カセットテープを聴くプレイヤーだろうか。

ためつすがめつ見ていると、背後に人の気配がした。

「珍しい物を見つけたね」

いつの間にトレとの話を終えていたのか、アシロとスリギの大伯父さんが立っていた。口元は笑っているけれど、目に鋭さを感じる。これを持ち出してはいけなかったのかと、咄嗟(とっさ)に謝った。

「すみません、その……気になって」

「いや、謝らなくていいんだ。もう役に立たないものだからね。ラジオ電波を受信できるだけの機械だよ。ただ、時々むしょうに聴きたくなるのでね。一年に一度は壊れていないか確かめている」

体の中心で心臓がどきりと跳ねるのを感じる。

「つまり……これはラジオ受信機ですか？」

「そうだよ。私の父親の持ち物でね、もう七十年以上経つんじゃないかな。昔はこれでよくラジオを聴いたものだが」

大伯父さんはそう言いながらラジオ受信機の裏側に手をやり、銀色の棒をこくんと立ち上げると、するすると伸ばした。これがアンテナなのだという。

「まだ使えますか？」

「もし使うなら、新しい電池を買う必要があるね。電池を売ってる店は少ないぞ、貴重品だから高いし。まあ使えても邪魔になるだけだと思うよ。〝アナログ〟を受け取れたところで、もう陸府ラジオしか聴けないし」

そんなことはない――僕は視線だけでスリギの姿を捜したけれど、見えなかった。人差し指で表面をそっとさする。ざらざらした錆の感触。電源スイッチの横にある針の穴ほど小さな赤いランプは、まるで「私はまだ生きてる」と訴えているようだった。

「あの。もしいらないんでしたら、うちに持って帰ってもいいですか？　おばあちゃんに見せたいんです。きっと懐かしがるから」

マラソンした後みたいに胸がどきどきする。ばあちゃんは別にラジオになんか興味ないって、大伯父さんにばれませんように。

僕はトレたちに挨拶もせず、大伯父さんの倉庫を飛び出した。すっかり重たくなったベストを抱えて、陸民アパートの中を走る。「廊下を走らない！」とすれ違いざまにどこかのおばさんに怒られるけど、聞いてられない。ベストの中には手に入れたばかりのラジオ受信機がある。階段を一段飛ばしで駆け上がり、赤と黄色のランプを回転させる配送ロボットに轢かれそうになりながら、G棟のレストランフロアへ向かう。お金のない学生御用達の食堂に駆け込んで、長テーブルとベンチがだだっ広い面積を埋める、がやがや騒がしい食堂を見渡す。

「アカザカナ！」

人混みの中から、赤い色の服を捜す――アカザカナは他の同級生たちと楽しそうにおしゃべりしている。僕は肩で息をしながらその間に割り込んで、もうほとんど骨になった魚の定食のトレイ脇にベストをどさっと置いた。弾みで食器ががちゃんと鳴り、隣にいた女子がひゃっと声を上げたが、気にしてるどころじゃない。アカザカナは目を丸くして僕を見上げる。

「なんだよムイ」

「ちょっと来いよ」

「はあ？　山、じゃなかった、トレの件だったら後で聞くよ。装備とかめんどくて……」

「違う。全然別の話。いいから来いって」

アカザカナは明らかに不機嫌になったけれど、まわりに「悪い、行くわ」と断って席を立ち、僕の後をついてきた。

僕は人がめったに通らない、太陽光発電変換器エリアのそばの階段までアカザカナを連れて行き、スリギから聞いた話を全部話した。誰かが電波をジャックして海賊ラジオを放送してること、周波数を毎回変えるから捕まってないこと、海に基地局があって、誰も聴いたことのないオリジナルの音楽を流してるらしいこと、大伯父さんのところで見つけたもののこと。

そして僕は黄色いダウンベストに包んでいたもの、ラジオ受信機を出した。

「電池はF棟の工場でまだ生産されてる。おこづかいが三ヶ月分ふっ飛ぶくらい高いけどね」

アカザカナは表情を変えずに僕の顔を見て話を聞いていたけれど、ラジオ受信機を見せた一瞬、のど仏がぐっと上下するのがわかった。

「……マジか」

「マジですよ。スリギは本当に聴いたんだって、一曲だけだけど、音楽部の先輩が録音に成功したって」

するとアカザカナは唇の端を歪めてからかうように笑った、けど、目は笑ってない。

「こづかい三ヶ月分？　ムイさあ、スリギの気を引こうとしてんじゃないの？」

「そうじゃないってば！　誓って関係ないよ。僕はただ、知らない音楽が聴きたい。〝僕らのために用意されたんじゃない音楽〟が聴きたいんだ。お前だって同じだろ？」

僕はラジオ受信機をぐいっと押しつける。アカザカナは戸惑っている。こいつにとって釣りの次に好きなのは音楽だって、幼稚園からの長い付き合いだから知ってる。〝インディーズ〟の話をしても食いつきが悪いのは、そんなのあり得ないってもう諦めてるからだ。でも僕らは〝いま〟に飽き飽きしてるだろ？

アカザカナがおそるおそるラジオ受信機に触れるのを確かめて、僕は昨夜からずっと考えていたことを打ち明けた。

「なあ、山に行くのをやめよう。トレはきっとわかってくれる。僕とお前で海沿いを行こう。波の音のしない場所じゃなくて、新しい音楽を見つけるんだ」

頬にぽつんと水滴が当たった。冷たい感触に呼ばれるようにして意識が浮き上がり、僕は目を覚ます。ぽつん、ぽつん、ぽつん。水滴は一滴だけじゃない、どんどん顔に当たる。雨だ。見上げると、壁から申し訳程度に突き出した屋根から、雨粒が滴(したた)ってくる。僕はどこかの民家の軒下の、コンクリートの上で寝かされていた。

慌てて起き上がり、ラジオ受信機を捜す――あった。足もとに。手で表面を撫でてみると、幸い濡れていなかった。スイッチはちゃんと入るし、チャンネルダイヤルを回せば、きゅいいーん、とノイズが聞こえる。

「お、起きたか」

少し遠いところからアカザカナの声がした。魚の焼ける匂いが鼻をくすぐり、唾液が口の奥でぎゅっとにじんで、お腹が鳴る。僕の体の下には、アカザカナが時々釣りで使う青いビニールシートが敷いてあって、たぶんこれに僕を乗せてここまで引きずってきたんだろうな、と推測する。立ち上がりながらふと帽子のてっぺんに手をやると、ポンポンはすっかり湿っていた。

「冷えたなら火にあたっとけよ」

あたりはすっかり暗く、深い闇に飲まれている。焚(た)き火が勢いよく燃え、火の粉がぱちぱちと爆(は)ぜ、パーカーのフードをかぶったアカザカナを赤く染めた。手元のフライパンでは背びれの大きな魚が焼ける最中だった。さすがに十二月、夜になるとTシャツでは少し肌寒い。ニット帽を脱いで焚き火の前に腰を下ろすと、アカザカナが透明な雨合羽をくれた。

「僕、どのくらい眠ってた？」

「んー、四時間くらいかな。おかげでゆっくり魚が釣れた！」

アカザカナの後ろのバケツを見ると、鱗をぬらりと光らせる魚が、狭そうに身をくねらせている。

「ちなみにラジオ受信機も少し試した。陸府ラジオの電波以外、何も捕まえられなかったけど。それよりお前さ、眠りの周期が短くなってない？　眠ったら全然起きないしさ。病院行った方がいいよ」

「そうかな……なあ、念のため聞くけど。宿は？」

この雨の中で野宿したら一発で風邪を引くだろう。するとフライパンの魚をひっくり返しながら、アカザカナは「そこ」と僕の背後に向かって顎をしゃくった。さっきの民家だ。でも窓はどれも暗いし、物音もせずひと気がない。

「中に入れるの？　家の人にもう話をつけたの？」

「無人」

「えっ」

「誰もいない。ドアの鍵は開いてるよ。ちょっと埃っぽいけど布団もある」

「それって無断で使うってこと？　やめとこうよ、怒られますよ」

「大丈夫だろ。台所の給湯器に蜘蛛の巣が張ってたし、電気も点かなきゃガスも水も出ない。庭の水道だけなぜか使えたけど。とにかく、しばらく誰も住んでないってことだ。嫌ならムイさんだけ雨に打たれて野宿ですね」

　無人の民家は、焚き火の火を受けて一層不気味に見える。僕は近づいていって、リュックサックから懐中電灯を出し、照らしてみた。風雨にさらされた灰色の壁はしみだらけ、ホラー映画に出てきそうだ。稲妻のような形のひび割れを、尻尾が二本生えたヤモリが這っていく。玄関のドアは端っこがべろりと剝がれて、ぎざぎざした木材が顔を覗かせている。思い切って銀色のドアノブに手をかけ、そっとひねってみると、本当に鍵はかかっていなくて軋みながらゆっくりと開いた。

「おーい、どこ行くんだ。飯だぞ」

　後ろからアカザカナの声が追いかけてきたけど、僕は懐中電灯で室内を照らしながら、靴のまま奥へと入る。

　家の中はかび臭い。玄関の先にトイレと風呂場があり、覗き込むとゴキブリかカマドウマか何かの影が過った。廊下の突き当たりのドアの先には、居間と台所がある。試しに壁のスイッチを入れてみたけれど、電気は点かない。ソファとテーブルと椅子、少し大きめのテレビ。僕らの暮らしとほとんど一緒なのに、人だけが突然消えてしまったみたいで、背筋がぞっとする。

部屋を順繰りに見て、本当に誰もいないんだと確認した後、ふと左の壁にスライドドアを見つけた。壁と同じ白色だから気づかなかった。開けてみると、階段が暗い上へと続いている。こんなに広い家を置いていってしまうなんてもったいない。というか、まだ取り壊されてないのはなぜだろう？

わりと近くで、かたん、と物音がする。きっとアカザカナが僕を追いかけて入ってきたんだろう。僕は左手に懐中電灯を持ち、右手で壁を辿(たど)りながら、できるだけ足音を立てないように階段を上る。

なぜ静かに上る？　だってそれは——その時、懐中電灯の光に人の顔が浮かび上がった。青白くて鼻の穴が丸見えで上から見下ろされて——幽霊。

「わあああああああ！」

「ぎゃあああああああ！」

僕は足を踏み外し、後ろ向きのままふわりと宙に浮かんだ。階段を真っ逆さまに落ちたらどうなるんだっけ？　死ぬんだっけ？　ネット配信の本当にあったかどうかもわからない記事がちらつき、僕はぎゅっと目をつぶる。近くに病院あったっけ？　こんなところで死ぬなんて——アカザカナはちゃんと僕の遺体を両親に届けてくれるかな？　めんどくさいからって海に落として「水葬ー！」とか言って片付けないかな？　スリギは泣いてくれるかな？

　ほんの一瞬のうちにそんな考えが猛スピードで頭を過った。けれど僕は落下しなかった。あの青白い顔をした幽霊に、手首を摑まれていたんだ。ギリギリのところで。片手で手すりを、もう一方の手で僕を支えてくれ、足はがくんとなりながらも二段下に着地する。

「だ、大丈夫？」

「だ、大丈夫、です」

　僕は動揺で荒くなる息を整えようと、壁に背中をつけて深呼吸する。幽霊——いや、突然現れた人間は、落ちた懐中電灯を拾ってこちらに渡してくれた。髪が長く、背は低いけれど、声を聞いても男か女かわからない。小太り体形の上に、だぼっとしたシーツのお化けみたいなシャツを着て、眉毛が薄く、額がすごく広い。どう見ても十歳は年上だ。顎が小さく、口を開けると前歯が覗く。

「物音がしたから気になって……びっくりした。もしかしてこの家の人？」

　今僕が訊こうとした質問を先にされて、ちょっと面食らう。

「いや、あなたの方こそ、この家の人じゃないんですか？」

　するとその人はぱちぱちと目を瞬かせて、「そうです。この家の人間です」と答え、踵（きびす）を返して階段を引き返そうとする。

「いやいやいや、嘘でしょ。さっき僕に『この家の人？』って聞いたじゃないですか！」

「それはちょっとした記憶違いで」

「自分の家にいながら住んでないって記憶違いをする人がいますか」

「いやあ……じゃあ、ま、そういうことで」

どんどん階段を上ってしまう幽霊の後を、僕はつい追いかけてしまう。こんな電気もガスも通ってない家で何をしてるんだろう？

幽霊の住処は、二階の手前にあった。住処というか巣というか、とりあえず部屋ではない。倉庫の方がまだマシだ。

広さ自体は、陸民アパートの僕の部屋くらいはあるだろう。その容積の三分の一くらいが紙で埋まってる。紙だ。世にも珍しい紙、木を原料にしたもの。「ジュモク、スベカラクタイセツニスベシ」の陸訓はどこいった？　しかも紙にはびっしりと文字が書き込まれている。プリントアウト？　違う。手書きだ。ペンで、自分の手で書いてる。

幽霊は僕の追跡に気づいていないのか、こちらに背を向けて、一心不乱に何か書いているんだ。大量なのは紙だけじゃない。紙を束にしたもの、本まである。歴史の授業に登場する物体で、僕が本物と接したのは、校外学習で行った博物館に昆虫標本みたいに飾ってあった、灰色の箱と臙脂色の美しい本を見たきりだ。
「いったいどうしたんですか、これ」
僕は指先を伸ばして本に触れようとする。あの時見たのとよく似た、つやつやした臙脂色の本だ。中に何が書かれているのか、唐突に知りたくなる。
「触るな！」
怒鳴りつけられると同時に紙を投げつけられ、視界いっぱいに紙が舞う。そして自分で投げつけたくせに幽霊はあわあわ狼狽え、紙をかき集める。その間に、僕は足もとに落ちた紙を拾い、読んでみる。
――いつかあった時代　いつかあった雪　空からひらひら降り積もって　世界を白くした
――いつかあった場所　いつか会った人　陸からばらばら散らばって海　果てのある世界
――僕らは言えない　ここじゃないと言えない　鎖に鍵があると叫べない　ポケットに突っ込んだままの手で　もう二度と降らない雪に　触れたいと
――ふと　口を開けて舌出して　冷たい感触　探してみる　歌も歌えない舌で
詩だ。ナミノシラナミの歌にも他のバンドの曲にも音楽会社の雇われ詩人のソング集にもない詩だ。僕はこの陸島で聴けるすべての音楽を聴いたんだからわかる。見たことのない詩がここに書かれている。

顔を上げる。幽霊と目と目が合う。幽霊は禿げ上がった額の生え際まで、顔を真っ赤に染めている。

「これって……あなたはまさか詩人？」

そう言いかけた僕の後ろで、どかどかと大きな足音と元気な声がした。

「おい、せっかくの魚が冷めるだろ！　早く下りてこいよ。うわっ、なんだこの紙！」

幽霊の本当の名前は、クヤクヤさんというらしい。変な名前だとアカザカナが笑ったら、クヤクヤさんはむっと唇を尖らせて「君だって相当おかしな名前だよ」と言い返した。

この家は、陸民アパートの環境（クヤクヤさんいわく「働き蟻のラビリンス」だそうだ）に嫌気が差して飛び出して、何軒か渡り歩いた空き家のひとつらしい。陸府の管理はそこまで徹底していないそうで、人がいなくなったまま放置されている空き家は結構あるのだという。

「詩は、君たちくらい若い頃はデバイスで書いてたんだけどね。ふたつ前に住んでいた空き家の持ち主がとてつもない読書家で、白いままの紙も大量に残していたんです」

家は陸府の調査員に見つかるまで住み、庭に人の気配があって嫌な予感がすると、紙と本と少しの生活道具を荷車に積んで、まるでヤドカリみたいに次の空き家へ移動する。

そこでまた詩を書く。

クヤクヤさんは恥ずかしがりながら、いくつか作品を見せてくれた。どれも知らない詩や、短い、あるいは少し長めの物語だった。僕とアカザカナはあぐらをかいて黙々と読む。文字を目で追うとなぜか胸のあたりがびりびりする。このびりびり痺れる感覚は、僕が「音楽の先にあってほしい」と願うものと似ている気がした。

「あの……詩って、どうやって書くんですか。どんな気持ちになれば書けるんですか？」

訊ねてみると、クヤクヤさんは少し困ったように首を傾げた。

「どうって……ただ書くんです。何ていうかな、考えてることや湧き上がってくる感情に名前をつける、みたいなものかな。もやもやしてよく見えない存在に向かって、精いっぱい目を凝らす。そして形を抽出して言葉にする。まあ、読んでくれる人はいないけど、そういう問題じゃないんだ。言葉は誰も聞いてなくても出てきちゃうものだから」

——君の両手にあるものは何　その色の名前を教えてよ　無いのなら一緒につけよう

君と私で

——空に船　海に飛行機　世界はもうあべこべで　おいしくてまずくて　ここは夢よりも謎めいた場所

——夜に浮かぶ太陽　昼に輝く月　君はずぶ濡れで晴れた道を行く　私は味のしなくな

ったガムを　いつまでも噛みながら　濡れた足跡に足を重ねて　笑ってはずむ
――誰でもあって　誰でもない　名前はあって名前はない　けれどほしい　ピンで刺して留める名前がほしい　はじめて見たこの色には
「クヤクヤさん、〝海賊ラジオ〟って知っていますか」

僕が訊ねると、クヤクヤさんは薄すぎて見えない眉毛のあたりを掻き、やれやれと言いたげに溜息をついた。

「知ってるよ」

「マジですか！　本当ですか！　どこにあるんですか基地局は！」

前のめりになりすぎてクヤクヤさんの両肩を掴みかけ、そっと避けられてしまった。

「……海沿いを歩いていたのなら、噂で聞いてるんでしょう？　そのとおりだよ、〝文明〟時代の基地局が、海面に突出したまま雨ざらしになっている」

「どのあたりですか？」

「基地局に行くのは、歩きでは無理だよ」

「んじゃ、船を出せばいい。俺は操縦できるし、釣り道具を見せりゃ、貸し船屋も軽く貸してくれるよ」

この時ほど、アカザカナを誘ってよかったと思った瞬間はない。クヤクヤさんは心配しているような、何か他にまだ言ってないことがあるような表情で、でもその先のことは何も教えてくれず、ただ何枚かの詩をくれた。

海の子守歌を譜面に書き起こしたら、どんな音楽になるんだろう。どの波も同じようで違い、立てる音も変わるとなると、第六陸府オーケストラはどんな風に奏でるだろう。それともピアノ？　ギター？　歌？

翌日、僕らは港へ向かった。港は魚と潮と、違法のタバコのにおいがして、休憩中の漁師たちは闖入者の僕らを黄色い目でじっと追ってくる。〝貸し船〟と雑に書かれた納屋の中にアカザカナはひとりですいっと入ってしまい、僕は仕方なくあたりをぶらつく。十二休みももう半ば、今から他の陸島へ向かう人は少ないのか、定期運航船の待合室の人は少ない。

波止場を行き、係留杭の上に片足で乗ってバランスを取ると、強い風がぼぼんと勢いよく僕にぶつかってきた。昨日の雨が嘘みたいな晴天だ。海の上に広がる柔らかい色の空、淡い水色と白のグラデーションに目を細める。イヤホンが流すのは今日もノイズばかり。ラジオ受信機のダイヤルを回して歩くのも四日目、親に怪しまれず家に帰るには、そろそろ折り返さなくてはならないタイミングになってしまった。

新しい音楽の代わりに、カモメの声がよく聞こえる。遠くで起床チャイムの音が鳴る。潮騒は止まない。山に向かったトレたちは、海鳴りのしない静かな場所を見つけただろうか。

僕らが「山行きをやめて、海へ行く」と打ち明けると、トレは他の仲間たちのいないところへ移動し、全部話すように言った。トレは密告するようなやつじゃないし、そもそもやつだって禁じられている山へ入ろうとしてるんだから、あいこだ。それでも僕はスリギのことは隠して、海賊ラジオだけを説明した。トレは細い顎をゆっくり撫でながら、僕の目をじっと見つめ、「いいんじゃないか。見つけたら俺にも聴かせてくれ」と言って、トランシーバーの周波数を教えてくれた。

彼の願いも叶えばいいな。海鳴りに悩まされないで生きられるといい。そんなことを考えていると、ふいに歌声が聞こえてきた。イヤホンをしていない方、右耳の方向からだ。

「たらったらーあーらーらーららああー」

歌詞も音程もありゃしない、下手くそで適当な歌だ。それがかえって気になって近づいていくと、赤や緑や青のカラフルな船底を上に、うつぶせに並んだボートの間で、十歳くらいの子どもが歌っていた。大きな口を開けて、まるで波の音に立ち向かうかのごとく、大声で歌う。ボートの陰にもうふたり子どもがいて、一方は空き箱にピンと張った輪ゴムをびよんびよんとはじき、一方は裏返したコップを両手に持って、アスファルトをかぽかぽと叩いている。楽器のつもりらしい。

「……何してんの？」

　話しかけると、三人の子どもたちはぐりっとした目でこっちを見上げ、「歌ってんの。見てわかるっしょ？」と生意気に答えた。つい僕もむっとなる。

「へえー、下手くそ」

「下手くそじゃないもん」

「あんたの耳が変なんだよ」

「イマドキノワカモンハ、ロクナモンキイテナイカラ」

「なんだって？」

「うちのじっちゃんが言ってたよ！　あんたもロクナモンキイテナイやつ！」

　子どものひとりに〝びしっ〟と人差し指を突きつけられ、しかも本当にそのとおりで、どうにかこうにか「お前は僕よりもワカモンだろ」と言い返した時、アカザカナが貸し船屋のおじさんと一緒に現れた。

　想像よりも大きな、十人くらい軽く乗れてしまえそうなモーター付きの船は、どるんと一度唸ると、鼓動みたいに安定したリズムを刻みはじめた。船に乗るのなんて久しぶりだ。足を下ろすと船は波に合わせて不規則に、上下左右ふわふわと揺れていて、気をつけてないと酔ってしまいそうだな、と思う。

　船は結構なスピードで進み、白波を切る。アカザカナの操縦はなかなかうまくて、覚悟していたよりも酔わない。僕は船のベンチに腰かけ、しばらくラジオ受信機をいじくったけれど、諦めて船縁(ふなべり)のそばに立って外を眺めた。

さっきの子どもを真似して、試しに適当な歌を歌おうとしてみる。駄目だ。波の音に吸い込まれて、すぐにしぼんでしまう。やっぱり基地局を探さないと——怪しいアンテナや建物が突き出てないかと海面に目を凝らす——あるのは貯水タンクや、金属製の柵で囲まれた奇妙なコンクリートの広場（ああいうのはかつてのビルの屋上なんだそうだ）、折れて金属の柱がバキバキになり、今や鳥の巣になった鉄塔ばかりだ。

「そう簡単に見つかるはずないか」

「何が見つからないの？」

「何を探してんの？」

ぎょっとして振り返ると、僕のすぐ後ろにさっきの子どもたちがいた。ふたりは僕の隣に来て船縁から海を覗き込み、もうひとりはベンチに置きっぱなしのラジオ受信機を触ろうとしている。

「こらこらこら！　やめなさい、ここで何してるんだ、ていうかどこから入ったの？」

「あんたらの後について」

「簡単、ヨユウ」

「この船って隠れるところたくさんあるんだよねー」

　三人は同じような顔をしてケラケラと明るく笑う。操縦席の方を窺うと、アカザカナは〝お前に任せるよ〟みたいな感じで肩をすくめる。陸はもうはるか遠く、外につまみ出すわけにもいかず、僕はとにかくラジオ受信機を子どもから奪い取ると、ベストの下から胸の間に突っ込んだ。

「何で隠しちゃうの？　ウチらの方がラジオ詳しいのに！」

「どーせ陸民アパート住まいのワカモンでしょ？　仕方がないよ」

　近くに来るとよくわかるが、子どもたちは風呂にずいぶん入っていないようで、だいぶにおう。ベンチに腰かけて受信機をいじくろうとしていたひとりは、頭をがりがり掻いて、爪の間に溜まったフケをふっと吹き飛ばした。

「探しもの、知ってるよ。〝海賊ラジオ〟でしょ」

　僕がぽかんと口を開けると、子どもは満足そうに笑った。

「なっ……どうしてわかったの？」

「だってみんな港まで探しにくるもん。ウチらは港にいつもいるから、知ってる」

　確かに、〝海賊ラジオ〟を探して陸府をぐるりと一周歩いて、それでも見つからなかったら、海に出て基地局そのものを探そうとするだろう。今の僕らのように。

「あんたらだけじゃなくていろんな人が、でっかいのからちっちゃいのからラジオ受信機持って、チャンネル探してうろうろうろうろうろ」

「うーろうーろ、うーろうーろ」

子どもたちははしゃいで歌い、手すりやらベンチやらを叩く。下手くそだけど、よく節をつけられるな、とも思う。僕は適当な歌でも歌えないのに。

「じゃあさ、〝海賊ラジオ〟を発信してる基地局はどこにあるのかも、知ってる?」

「知ってるよ」

「知らないよ」

「知ってるよ」

「どっちだよ!」

「知ってるし、知らない。なぞなぞじゃないよ。本当にそうなんだもん」

「道案内役のじっちゃんは死んじゃったし、基地局への船はもう出さないって、港の親方が決めたの。リクフにばれちゃったらメンドーだから」

なるほど、それで港ではあんなに視線を感じたのか。ラジオ受信機を隠せばよかった。

「それにねえ、船が出なくなる前から、放送しなくなってたんだよ」

「基地局は、あっち。今は十二の月だから、夕陽の沈むところを目指すんだ。でももう誰もいないよ」

何でもいい。僕は操縦席に駆け寄って、子どもが指さした方角へ向かうよう、アカザカナに言った。すぐベンチに戻って、海から目を離さないでおこうと、船縁の手すりに手を伸ばしたその時、船ががくんと大きく揺れた。

基地局の電波塔は、僕がスリギから聞いたその晩、思い描いたものとどこか似ていて、くねくねとねじ曲がりながら天に向かっていた。船の舳先(へさき)がぴかぴかの白い台座に当たって停まり、僕らはみんな下りる。子どもたちはアンテナの佇まいに圧倒されたのか、すっかり大人しくなっている。

放送室はぴかぴかの白い台座の中にあった。ドアをノックすると、中から男の人が出てきた。カブトムシみたいな黒いサングラスをかけて、茶色い前髪を潮風にそよがせて。子どもたちの言ったことは嘘だったんだ。ラジオブースには、青いワンピースを着た、背が高くて髪の長いきれいな女の人と、黒ずくめで小太りの男の人がいる。三人で音楽を作って、ここから流しているんだそうだ。子どもたちは男の人に虹色の飴(あめ)をもらい、アカザカナはきれいな女の人に話しかけられて緊張している。僕は訊ねる。音楽を聴かせてもらえませんか、と。すると三人は微笑んで、演奏をはじめてくれる。歌うのは女の人だ。

――いつかあった時代　いつかあった雪　空からひらひら降り積もって　世界を白くした

クヤクヤさんの詩だ。節をつけるとこんな感じになるんだな。新しい音楽を生んでいる三人にうっとりしていると、女の人が僕らを呼ぶ。一緒に歌おうって。

――いつかあった場所　いつか会った人　陸からばらばら散らばって空　果てのない世界

こんな詩だったっけ。何かが違うような気がする。そもそもなぜこの人たちはクヤクヤさんの詩を知ってるんだろう？　それだけじゃない、三人も、アカザカナでさえも気持ちよさそうに歌っているのに、僕はどんどん苦しくなる。息が詰まる。

――僕らは言えない　ここじゃないと言えない　鎖に鍵があると叫べない

叫べない。

腕に鋭い痛みが走り、僕は目を開けた。でも全然よく見えない！　口の中がしょっぱくて苦しい。何だこれ？　まるで緑に濁ったゼリーの中に沈没したみたいだ。水だ。海。溺れてる。僕は溺れてるんだ。

上はどっちだ？　もがいているうちに腕の痛みが消える。息がもう持たない。光を見つけろ、早く、早く。誰か助けて！

その時、どぷんと泡を立てながら何かが落ちてきた。流線型をした黒い影。魚だろうか？　違う、あれは釣り糸をほどきながら何度も見た、アカザカナの釣り道具だ。

僕は無我夢中で、染みる目を懸命に開いて、真っ直ぐ底へ向かって落ちていく重しの影を追い、泳ぎ、摑む。するとぐんっと勢いよく引っ張られる。空気がほしい。息が吸いたい。もう駄目かもしれない。でも絶対に離すものか。

海面に上がった時、この世界の全部がきれいだった。目をつぶっていたのに、まるで膜が破れたみたいにわかった。もがいて、一秒でも早く酸素を肺に入れようと喘ぎ、水を吐きたいのと息を吸いたいのとでぐちゃぐちゃになりながらも、世界はきれいだと思った。

釣られた魚ってこんな気分なんだろうか。釣り糸に引っ張られながら船に近づくと、よく知っている腕が伸びてきて、僕はその手を取る。子どもたちの騒ぐ声が上から降ってくる。どうにかこうにか船に引き揚げられて、すさまじく重たくなったびしょ濡れの体を、乾いていて温かい船に横たえた。

「やっべえ、本当にマジでやばかったわ。俺、めちゃくちゃよくやったと思うんだけど？」

マグロでも釣れそうな釣り竿を持ち、太陽を背にしたアカザカナが僕を見下ろして笑う。そうだね、と答えたいけど声が出ない。

さっき、基地局の方角へ方向転換した時、船が大きく揺れた弾みで僕は海へ投げ出されてしまった。その上、海に包まれると同時に眠ってしまったのだ。昨日指摘されたとおり、眠りの頻度が高くなっている――たぶん、長いこと海辺を歩いていたせいで。そんな状態で海の中に潜るのは、ゆりかごにダイブするようなものなのかもしれない。

アカザカナが巨大で重い魚も釣れる釣り竿とリールを持ってきていて、よかった。僕が海中に沈んだまま浮き上がってこないから、すぐに重しをつけて投げたらしい。船&子どもたちと、溺れた僕を天秤にかけて、自分自身は飛び込まない判断ができるところがアカザカナっぽい。一投目は僕の腕に針が刺さって痛かったけど、おかげで目が覚めた。

タオルで体をくるみ、潮風に震えながら、この時期に夕陽が沈む方角を目指す。三人の子どもたちは相変わらず手作りの楽器を鳴らしながら、歌を歌っている。さっきまで下手くそにしか聞こえなかったのに、別にいいんじゃないか、とさえ感じた。

潮騒はずっと続いている。でも子どもたちの歌を聴いていると、不思議と眠くならない。次にどんな旋律が出てくるか気になって耳を傾けるうちに、波の音がどこかに消えてしまう。いつだったか、アカザカナが「波の音なんか釣りに集中してる間に耳から消えて、聞こえなくなる」と言っていたけど、僕にもそれが起きたのかもしれない。ひょっとして、港に子どもたちがいるおかげで漁師も眠らずに済んでるんだろうか。

西の空が朱色に染まる頃、僕らは基地局を見つけた。三分あれば一周できてしまいそうな小さな孤島の上にある。名前のわからない大きな木が一本、基地局の傍らに生えて、潮風に梢を揺らしている。たぶんここは昔、丘だったんだ。

　鉄塔は夢で見たくねくねとは全然違う、陸でもよく見かけるタイプの、先端に向かって細くなる三角錐型で、ごく普通の形だった。鉄骨はところどころ折れ、赤と白のペンキも剝がれかけてはいるけれど、よく晴れた空の下で見れば、なんだか凜々しくかっこよく思える。

　船が孤島に横付けすると、子どもたちが先に飛び降り、僕らも後に続く。足を踏ん張ってからえいっとジャンプして、潮水でぬかるんだ土に着地する。足跡がくっきり残り、僕は思わず噴き出した。

「どした？」

「いや……前にデバイスでこういう写真を見たことがあってさ。ルイ……なんだっけな、アームなんとかって人の足跡」

「ルイ？　ムイと名前が似てるじゃん」

「いや、ニールだったかも」

「ねえ、早くおいでよ！」

　呼ぶ声に振り返ると、子どもたちの泥だらけの足跡が基地局へ向かって点々と続いていた。雑草が無造作に生えているけれど、誰かが何度もここを歩いたんだろう、踏みならされて、道のようなものができている。

鉄塔の下にあるのは、陸の民家よりも小さくて粗末なコンクリート製の箱で、ここがラジオブースなんだと子どもたちが言う。

ドアを開けると埃が立ち、薄暗い室内できらきら輝いた。中には誰もいなかった。戸棚に置きっぱなしのファイル、机の上には空っぽのコーヒーカップがあり、蟻が縁を歩いていた。食べかけのクッキーが袋からちょこっと顔を出し、キャスター付きの椅子は、誰かが立ち上がろうとした瞬間のまま、机より後ろに引かれた状態で時間を止めている。無人だけど、今にも誰かが帰ってきて、「さあ、放送をはじめようか」と言いそうな気がする。けれどそんなことは起こらなかった。

「ほらね、誰もいないでしょ」

「もうラジオはやってない」

スリギの先輩が録音できた一曲は、きっと最後の放送だったんだろう。

ファイルを一冊取って、最初のページを読んでみる。貴重な紙を惜しむようにびっしりと隙間なく書き連ねられた、放送記録だった。〝海賊ラジオ〟はたったひとりがやってたんじゃない。いつも同じメンバーがやってたんじゃない。いろんな人がここにやってきて、オンエアのスイッチを入れ、マイクに向かって演奏したんだ。

放送した曲のリストがついている。ひとつたりとも知っているタイトルはなかった。

「レンタル不条理」に「kagayaki」、「超自然現象ナンバー5」、まったく意味がわからないし、どんな曲かも見当がつかない。

でも、曲数のピークは三年ほど前で、曲目も演奏する人もだんだん減り、誰もいない記録のない日が一週間、一ヶ月、と長くなっていく。ぎっしり書き込まれていた放送記録はどんどん隙間が空き、ついに白紙が一枚だけ残った。子どもたちが言ったとおり、船の出航が取りやめになる前から人は来なくなって、〝海賊ラジオ〟は廃れていったんだ。

横から覗き見ていたアカザカナが言う。

「どうする？　引き返す？」

僕はすぐには答えず、ガラス張りの窓の向こうにある、マイクがぶら下がったラジオブースを見つめたまま、ゆっくり歩いた。

ガラス窓の手前には放送用の機械がある。たくさんのスイッチに、目盛のついたスライド、何かのメーター。機械のてっぺんには、ぼろぼろになったノートが無造作に置いてある。様々な筆跡で書かれた、放送機械の操作方法だった。

僕はひとつひとつ指でなぞって確かめる。汗がにじむ手でスイッチを入れる。ぐうんと音を立てて動き出す。受信機をはじめて起動した時のように、〝私はまだ生きている〟と言われた気がした。

「なあ、帰ろうぜ。いつかまた誰かが放送するさ。そしたらここにまた来ればいいいだろ」

アカザカナが後ろから僕を呼ぶ。僕は返事の代わりに、「リュックサックを取って」と頼んだ。

コピー機でクヤクヤさんの詩を五部刷って、難しい漢字に全部ふりがなを振っていく。

不思議な顔をしている子どもたちに一枚ずつ渡して、僕は腰をかがめて言った。

「君たち、何でも歌にできるよね？」

「歌？　そりゃね」

「波の音よりでかい声で歌えるし」

「演奏もできるよ、すんごい派手に」

「よし。そんじゃ、この詩を歌にして。すんごい派手でかっこいい歌にさ」

どうしてみんないなくなったんだろう。どうして放送をやめてしまったんだろう。誰も聴いていないから？　手応えがないから？　病気になった、怪我をしたから？　歌えなくなったから？　新しい曲が生まれなくなったから？

わからない。でも、僕はやっぱり新しい音楽が聴きたいんだ。僕自身は演奏できないし、波の音に飲まれるし、詩だって書けない。けれどそれでも。

ラジオブースの中に子どもたちがいる。僕はかび臭いヘッドフォンをつけて指をさし、キューを出す。子どもたちが歌う。それを録音する。子どもたちは何度も笑ってしまい、録り直しになったけれど、飽きなかった。

三人は何度も歌い、テープはくるくる回る。変な歌だ。こんな変てこな歌、聴いたことない。がちゃがちゃしてチャカポコして、海鳴りよりも大きくて不安定で、つい耳を傾けたくなる。詩に色がついて流れるのがわかる。

――空に船　海に飛行機　世界はもうあべこべで　おいしくてまずくて　ここは夢よりも謎めいた場所

少なくとも、僕が海の中で沈みながら見た夢の歌より、ずっといい歌だ。

録音が終わると、僕はそれをリピート設定にして放送し、ラジオ電波に乗せた。周波数はトレたちのトランシーバーに合わせる。山まで届けば、他の誰かにも届くだろう。もし波の音がしない場所がまだ見つかっていなくても、この歌は子守歌よりずっと強い。

――誰でもあって　誰でもない　名前はあって名前はない　けれどほしい　ピンで刺して留める名前がほしい　はじめて見たこの色には

仕事を終えた僕は、建物のてっぺん、鉄塔のふもとで足をぶらつかせながら、海の向こうを眺めた。第六陸島の山の稜線(りょうせん)がうっすら見える。届くだろうか。ラジオは届いてはじめて役割を果たす。誰も聴いてくれなかったらどうしよう。

目をつぶって深く息を吐くと、梯子を誰かが登ってくる気配がした――ラジオ受信機を肩にかけたアカザカナだ。

「ほら、聴こうぜ。念願の〝海賊ラジオ〟なんだから」

そう言って僕にラジオ受信機を寄越してくる。電源スイッチを入れるとライトが赤く灯り、息を吹き返す。今度こそ本当に。

スピーカーから聴こえてくるのはノイズじゃない、クヤクヤさんの詩に色をつけた、子どもたちの歌声だ。

そして僕らの新しい音楽が鳴り終わった後、トランシーバーからよく知っている声が返ってきた。

解　説

石井千湖

「カミサマはいない」ではなく、「カミサマはもういない」でもなく、『カミサマはそういない』。カミサマはそんなにいないけど、裏を返せばいるかもしれない、稀にいる、という意味だろうか。想像の余地があるタイトルだ。

本書は七編を収録した短篇集。いずれも男性が主人公だ。その意図するところについて、著者の深緑野分はこう語っている。

デビュー作の『オーブランの少女』が、少女ばかりを主人公に据えて進んでいくものだったので、それの反対版をやってみようと思って。最初に発表されたのが「伊藤がいない」（※刊行時に「伊藤が消えた」に改題）という短篇だったんですが、それを書いたときに、当時の担当編集者さんと「女のイヤミスはいっぱいあるけど男のイヤミスってあまりないよね」という話になったんですよ。女同士のドロドロした関係を描いたものはたくさんあるけど、がっちり男ばかり出てくる小説で嫌な話ってそんなにないよね、と。そこから書き始めた感じですね。（集英社文芸ステーション〈「恐ろしさ」の背後を見つめる――深緑野分さん『カミサマはそういない』刊行記念インタビュー〉）

「伊藤が消えた」は、まさに『オーブランの少女』の表題作とは対照的な話だ。山上信太は、大学時代の同級生である伊藤、堤と共同生活を送っている。信太は大学院生で、堤はバイト暮らし、伊藤は会社員だ。ある日、伊藤は会社を辞めて温泉宿を営んでいるという実家に戻るため駅へ向かった。ところが、翌日になって伊藤の父親から信太に電話がかかってくる。伊藤が帰ってこないらしい。何があったのか。信太と堤の不穏な会話と、外に降る雨が嵐に変わっていく過程を並行して描く。テクニカルな一編だ。

「オーブランの少女」は、美しい庭のある家に集められ、花の名前をつけられた少女たちの物語。陰惨な事件は起こるけれども、ふたりの少女が強い絆で結ばれる。「伊藤が消えた」の三人組が住んでいるのは、玄関に入ったとたん煙草と足の臭いとカビ臭さが混じった空気に包まれる古い平屋だ。同居するほど親しい友達のはずなのに、信太と堤の口からは伊藤に対する酷い発言が次々と飛びだす。「オーブランの少女」の少女は世界に激しい怒りを表明して立ち向かうが、「伊藤が消えた」は世界を恨むだけで闘わない青年たちが仲間の抜け駆けを阻止しようとする。

そんなふうに異なる二作だが、共通点もある。閉ざされた小さな世界が内側から崩壊するところだ。しかも世界は終わり続ける。

前述したインタビューによれば、「カミサマ」の〝カミ〟は〝神〟と〝上〟をかけているという。「オーブランの少女」と「伊藤が消えた」において〝神〟は不在であり、コミュニティを抑圧する〝上〟がいる。「オーブランの少女」の場合は国家、「伊藤が消えた」の場合は伊藤の父（家父長制）だ。〝上〟はもともと愚かで弱い人間の一部であり、いなくなったところで代わりはいくらでもいる。世界は崩れ落ちたまま、ずるずると続いてゆく。

「伊藤が消えた」のこんなやりとりが印象深い。


「……映画どおりなら、ゾンビが襲ってくれて終わりなんだけどな」

「何、信太は死にたいの？」

「別に死にたくはないけど、生きてるのも面倒くさい」

潰れたコーラ缶は床の上でしばしバランスをとっていたが、結局倒れて、口から琥珀（こはく）色の液体が数滴こぼれる。

「ゾンビが庭から侵入して、全部めちゃくちゃにしてくれればいいな」

待ち望んでいた破壊は訪れず、信太たちは自滅する。めちゃくちゃになったからこそのカタルシス、もうこんな世界で生きなくてもいいという安らかさはない。

世界の終わりからぬけだせない恐怖は、他の収録作にも通底している。「潮風吹いて、ゴンドラ揺れる」は、少年たちが遊園地の中に閉じ込められピエロに襲われる。ピエロは〝神〟ではないが、人智を超えた力で少年たちの罪を裁き続ける。「朔日晦日」は、神無月の夜ふしぎな光を見た兄弟が怪異に遭遇する。兄は〝神〟に触れてこの世ならざるところへ行ったが、弟は日常を続けるしかない。「見張り塔」は、通信が途絶え先行き不透明な状況で任務を遂行している兵士が自分の戦っているものの正体を知る。戦争の真実がわかっても、〝上〟に従順な主人公の悪夢は終わらない。「ストーカーVS盗撮魔」は、SNSを観察して匿名アカウントの個人情報を暴くことに夢中になっている男の話だ。〝神〟になったかのような万能感を抱いていた男は、〝上〟の仕掛けた罠にはまってしまう。

主人公はみんな小さな箱みたいな世界に囚われている。外が見えない箱の中は暗く息苦しいけれども、受け身の彼らは出口を探そうとしない。どうして箱があるのか疑問をおぼえることもなく、ぼんやりと、何かを変えてくれるカミサマを待っている。が、望みどおりに箱を開けてくれるカミサマはそういない。これって、わたしたちの生きている現実そのものじゃないかと思う。

本書のなかで最も救いがなく、それゆえに忘れがたいのが「饑奇譚」だ。舞台は〝底〟と呼ばれる暗くてネオンがきれいな街。〝底〟の反対には〝上〟がある。年に一回、〝上〟は溜め込んだ太陽光を〝底〟に向かって〝大放出〟する。強い光を直接浴びると焼け死ぬので、〝底〟の人々は戸締まりをして室内で過ごす。

語り手の〝僕〟が、足の上をゆっくり歩くカメムシを見ているシーンで物語の幕は開く。〝僕〟は食堂の子供だ。〝大放出〟の前夜、店はいつもよりも賑わう。空腹のまま〝大放出〟を迎えた者の姿は消えるという言い伝えがあるのだ。お腹を空かせた浮浪児が残飯をもらいに来ると〝僕〟は追い払う。一年前、自分が貧しい兄弟を助けようとしたために、伯父が死んだことを悔やんでいるから。だが、〝僕〟はうっかりしていて〝大放出〟が始まる前に夕飯を食べそこねてしまう。

〝底〟は毎日太陽がのぼらなくなった終末世界だが、人間はどんな異常にも慣れるもので、一年に一度の〝大放出〟という災害も日常として呑み込んでいる。空腹の人がいるのは〝底〟に経済格差があるからで、伯父が死んだのは太陽光を一気に放出する〝上〟のせいなのに、母は孤児に食事を施した〝僕〟の優しさを責める。理不尽だ。〝僕〟自身もその理不尽さに薄々気づいているが、それ以上追及することはない。社会の構造は批判せず、個人に責めを負わせて、自分の心や目の前の生活を守ろうとする。これもまた、現実のいつかどこかで見たような光景だ。食事をとりそびれたことによって過去を変えるチャンスを得た〝僕〟は、今度こそ正しい選択をしようとするが……。

選択を変えても結果は惨憺たるもので、〝僕〟の変貌ぶりはやりきれない。さらにやりきれないのは、〝底〟で何が起ころうと〝上〟にはまったく影響がないところだ。何事もなかったように〝大放出〟は繰り返される。〝僕〟も〝僕〟の大切な家族も〝僕〟が救いたかった人たちも、〝上〟から見れば取るに足らない存在なのだ。〝僕〟の足の上を歩いていたカメムシのように。

「伊藤が消えた」「潮風吹いて、ゴンドラ揺れる」「朔日晦日」「見張り塔」「ストーカーVS盗撮魔」「饑奇譚」。収録順に読んでいって、主人公と共に過ちを繰り返し、自分の取るに足らなさを思い知るうちに、世界の終わりの終わり、底の底までたどりついた心地がする。

冒頭に引用したインタビューで言及のあった〝イヤミス〟とは、読んだあと嫌な気持ちになるミステリーのこと。なぜ好き好んで嫌な気持ちになる小説を読むのかといえば、巧みに隠蔽された醜悪なものが表に引きずり出されるところに昏い悦びをおぼえるからだろう。ただ、その悦びは強烈だが一瞬のもので持続性はない。

深緑野分は人間の醜悪な部分を容赦なくさらけだしながらも、一瞬の昏い悦びの向こう側へ行こうと試みている。たとえば小さな虫の描き方に、その志向があらわれているのだ。「伊藤が消えた」の蠅も、「饑奇譚」のカメムシも、外が嵐だろうが空が見えない〝底〟だろうが飛び立つ。

最後の「新しい音楽、海賊ラジオ」では、テントウムシが飛び立つ。五十年前の〝災厄〟を経て、陸があらかた水没した世界の話。絶え間なく聞こえる波音によって、多くの人が居眠りをしている。新しい娯楽作品はほとんど作られず、音楽も年間六十曲しか配信されない。音楽が好きな少年ムイは、古い形式のラジオ受信機を持ち歩き、未知の曲を流しているという噂がある〝海賊ラジオ〟の電波を探す。

視界がひらけるのは、ムイが冒険の途中で出会った詩人に「あの……詩って、どうやって書くんですか。どんな気持ちになれば書けるんですか？」と問うくだりだ。

「どうって……ただ書くんです。何ていうかな、考えてることや湧き上がってくる感情に名前をつける、みたいなものかな。もやもやしてよく見えない存在に向かって、精いっぱい目を凝らす。そして形を抽出して言葉にする。まあ、読んでくれる人はいないけど、そういう問題じゃないんだ。言葉は誰も聞いてなくても出てきちゃうものだから」

と、詩人は答える。蠅やカメムシやテントウムシにとっての飛ぶことが、詩人や作家の書くことにあたる。世界はいつでも滅びかけているし、カミサマはそういない。けれども、人間は考えて感じたことを形にせずにはいられない。そのことは単純に希望とは言えないだろう。ただ、新しい音楽や詩や小説を通じて、心だけは自分を閉じ込めている箱の外に飛び立つことができるのだ。

（いしい・ちこ　書評家）

本書は、二〇二一年九月、集英社より刊行されました。

初出

伊藤が消えた（※「伊藤がいない」改題）　「小説すばる」二〇一六年八月号

潮風吹いて、ゴンドラ揺れる　「小説すばる」二〇一七年五月号

朔日晦日（ついたちつごもり）　書き下ろし

見張り塔　「小説すばる」二〇一八年五月号

ストーカーVS盗撮魔　「小説すばる」二〇一八年十二月号

饑奇譚（ききたん）　「小説すばる」二〇一九年七月号

新しい音楽、海賊ラジオ　「小説すばる」二〇二〇年四月号

本文デザイン／須田杏菜

集英社文庫

カミサマはそういない

2024年6月25日　第1刷
2024年8月13日　第3刷

定価はカバーに表示してあります。

著　者　深緑野分（ふかみどりのわき）

発行者　樋口尚也

発行所　株式会社 集英社
東京都千代田区一ツ橋2-5-10　〒101-8050
電話　【編集部】03-3230-6095
　　　【読者係】03-3230-6080
　　　【販売部】03-3230-6393（書店専用）

印　刷　TOPPAN株式会社

製　本　加藤製本株式会社

フォーマットデザイン　アリヤマデザインストア　　マークデザイン　居山浩二

ISBN978-4-08-744662-3 C0193